국어 교과서가 선택한
중학교 소설 읽기

전국국어교사모임 엮음

국어 교과서가 선택한
중학교 소설 읽기 : 중1 첫째 권

초판 1쇄 • 2024년 12월 20일

엮은이 | 전국국어교사모임(강양희, 강건후, 김중수, 남보라)
펴낸이 | 송영석

개발 총괄 | 정덕균
개발 1실장 | 조성진
편집 진행 | 김민애
마케팅 | 이원영, 한종수, 이종오, 최해리
도서 관리 | 송우석, 박진숙
표지·본문 디자인 | 임진성, 이유리
일러스트레이션 | 김수정, 손채은, 안준석, 이명희, 이수희

펴낸곳 | (주)해냄에듀
신고번호 | 제406-2005-000107
주소 | 서울특별시 마포구 잔다리로 30 해냄빌딩 3, 4층
전화 | (02)323-9953
팩스 | (02)323-9950
홈페이지 | http://www.hnedu.co.kr

ISBN 978-89-6446-249-2(43810)

• 이 책은 저작권법에 따라 보호받는 저작물이므로 무단 전재와 무단 복제를 금합니다.
• 잘못된 책은 구입하신 곳에서 교환하여 드립니다.

국어 교과서가 선택한

중학교 소설 읽기

전국국어교사모임 엮음

해냄에듀

국어 교과서가 선택한 소설들을 엮으며

우리는 소설을 왜 읽을까요?

"바람이 불어온다. 모든 것을 데려가고, 또 모든 것을 남겨둔 채."

"눈이 하늘에서 내려오는 침묵이라면 비는 하늘에서 떨어지는 끝없이 긴 문장들인지도 모른다."

이 멋진 문장들은 노벨문학상 수상자인 한강 작가의 소설에 나오는 것들입니다. 우리가 소설을 읽지 않는다면 이런 문장들을 어떻게 만날 수 있을까요? 이처럼 소설은 우리에게 아름답고 감성적인, 혹은 삶의 철학과 지혜가 담긴 언어들을 안겨 줍니다. 재미있는 이야기에 빠져 드라마를 보듯, 소설에는 물론 재미있는 이야기도 들어 있지요. 또한 소설 속에는 다양한 사람들이 살고 있어 인간이 겪는 다채로운 갈등과 삶의 모습을 보여 줍니다. 우리는 소설이 만든 세상에 들어가 주인공의 감정을 그대로 느끼기도 하고, 안타까워하기도 하면서 간접 체험을 합니다. 살아가면서 매우 중요한 감정, 즉, 세상과 타인을 이해하는 마음은 이렇게 소설을 읽는 과정을 통해 자연스럽게 배우게 됩니다. 작가의 치밀한 계산 아래 등장하는 인물들의 생각과 행동을 통해 지혜로움과 생각하는 힘을 기를 수도 있지요. 청소년기에 좋은 소설을 읽는 것이 꼭 필요한 것은 이런 까닭입니다.

그렇다면 우리는 어떤 소설을 읽어야 할까요?

엄청나게 쏟아지는 청소년 소설과 중학생 권장 도서 목록 중 '좋은 소설'을 고르는 일은 쉽지 않습니다. 길이 많고 복잡하다면 우선 큰길에 서 보아야겠지요. 큰길에 서서 보면 작은 길, 지름길 등이 어디로 뻗어 나가고 있는지 확인할 수 있으니까요. 중학교 국어 교과서에 실린 소설을 먼저 읽어야 할 이유가 바로 여기에 있습니다.

초등학교와 달리 중학교는 국어 교과서가 여러 종류이며, 교육과정이 바뀔 때마다 수록되는 소설도 바뀝니다. 이 책에 실린 소설은 '2022 개정 교육 과정'에 따라 2025년부터 배우게 되는 10종의 국어 교과서에서 학생들이 꼭 읽어야 할 작품을 가려 뽑은 것입니다.

이 책은 어떻게 구성되었나요?

학생들이 어떤 소설에 열광하고 어떤 작품을 지루해하는지 가장 잘 아는 선생님들, 어떻게 하면 학생들이 소설을 즐겁게 만날 수 있을까를 고민하는 국어 선생님들이 모여서 이 책을 만들었습니다.

이 책은 혼자 문학 공부를 할 수 있도록 만들어졌고, 독서 토론 활동이나 학교의 창의적 체험 활동 시간에도 활용할 수 있도록 구성하였습니다. 소설 본문 뒤에는 작품의 내용 이해를 돕는 활동, 생각을 깊고 넓게 만들어 주는 질문을 마련했습니다. 전체 해설은 물론, 소주제별 작품 해설을 더해 감상의 폭을 더욱 넓히도록 했습니다. 또한, 제한된 지면 너머로 사고를 확장시키기 위해 함께 읽으면 좋을 작품들도 '엮어 읽기' 꼭지에서 소개하고 있습니다.

소설이 주는 재미! 다양한 삶을 만나는 감동! 스스로 공부하는 즐거움! 부디 이 책을 통해 세 마리 토끼를 모두 잡을 수 있기를 바랍니다.

● 『중학교 소설 읽기』 시리즈 집필자 일동 ●

차례

국어 교과서가 선택한 소설들을 엮으며 • 4

01 생텍쥐페리, 「어린 왕자」 • 9

02 황순원, 「소나기」 • 39

03 모리스 마테를링크, 「파랑새」 • 63

04 유은실, 「내 이름은 백석」 • 91

05 이송현, 「오후 4시, 달고나」 • 105

06 프란시스코 지메네즈, 「프란시스코의 나비」 • 141

07 작자 미상, 「오늘이」 • **163**

08 조우리, 「커튼콜」 • **175**

작품 출처, 작품 수록 교과서 • **183**

활동 예시 답안 • **184**

| 일러두기 |

- 이 책에 실린 교과서의 소설들은 2022 개정 교육과정에 따른 중학교 국어 1-1과 1-2 교과서 10종에 실린 작품들입니다. 각 작품이 실린 교과서는 이 책의 뒷부분에 있는 '작품 수록 교과서'를 참고하시기 바랍니다.
- 이해하기 어려운 어휘는 풀이를 달았습니다.
- 본문의 작품에 따른 '활동하기'에 대한 예시 답안은 이 책의 맨 뒤에 수록하였으며, 해냄에듀 홈페이지(http://www.hnedu.co.kr)를 통해서도 그 내용을 보실 수 있습니다.

어린 왕자

국어 교과서가 선택한 소설 읽기

01

'최무선', '장영실', '허준', '홍대용', '김정호'.

이 이름들의 공통점은 무엇일까요? 맞아요. 바로 역사책에 등장하는 위인들이에요. 하지만 또 다른 공통점이 있어요. 바로 소행성의 이름이라는 것이지요. 우주에는 수많은 별들이 있어요. 하지만 인간이 겨우 볼 수 있는 별은 수천 개 정도이지요. 발견된 별들에는 특별한 이름을 붙입니다.

아직도 이름을 붙여야 할 별이 많다면 어린 왕자가 살고 있는 소행성 B612도 분명히 있을 거예요. 세 개의 화산으로 이루어져 있고, 바오바브나무같이 큰 나무가 깊이 뿌리를 내리면 산산조각이 나 버릴 만큼 아주 작아서 어린 왕자와 장미만이 살고 있는 행성 말이지요.

어린 왕자는 이 별에서 저 별로, 여행을 다닙니다. 그의 여행에 동행을 해 보는 것은 어떨까요?

생텍쥐페리·황현산 옮김

어린 왕자

　내 나이 여섯 살 적에, 한번은 『체험담』이라고 부르는 원시림에 관한 책에서 멋진 그림 하나를 보았다. 보아뱀 한 마리가 맹수를 삼키고 있는 그림이었다. 그걸 옮겨 놓은 그림이 위에 있다.
　그 책에 이런 말이 있었다. '보아뱀은 먹이를 씹지 않고 통째로 삼킨다. 그러고 나면 몸을 움직일 수가 없어 먹이가 소화될 때까지 여섯 달 동안 잠을 잔다.'
　나는 그 그림을 보고 나서 밀림의 가지가지 모험들을 곰곰이 생각해 보았으며, 드디어는 나도 색연필을 들고 나의 첫 그림을 용케 그려 내었다. 나의 그림 제1호, 그건 다음과 같았다.

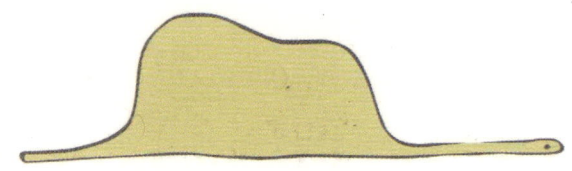

나는 내 걸작을 어른들에게 보여 주며 내 그림이 무섭지 않느냐고 물어보았다.

어른들은 대답했다.

"아니, 모자가 왜 무서워?"

내 그림은 모자를 그린 게 아니라 코끼리를 소화시키고 있는 보아뱀을 그린 것이었다. 그래서 나는 어른들이 알아볼 수 있도록 보아뱀의 속을 그렸다. 어른들에겐 항상 설명을 해 줘야만 한다. 내 그림 제2호는 아래와 같았다.

어른들은 나에게 속이 보이는 보아뱀이나 안 보이는 보아뱀의 그림 따위는 집어치우고, 차라리 지리나 역사, 산수, 문법에 재미를 붙여 보라고 충고했다. 나는 이렇게 해서 내 나이 여섯 살 때 화가라는 멋있는 직업을 포기했다. 나는 내 그림 제1호와 제2호의 실패로 그만 기가 죽었던 것이다. 어른들은 자기들 혼자서는 아무것도 이해하지 못하고, 그렇다고 그때마다 자꾸자꾸 설명을 해 주자니 어린애에겐 힘겨운 일이다.

그래서 나는 다른 직업을 골라야 했고, 비행기 조종을 배웠다. 나는 세계의 여기저기 제법 많은 곳을 날아다녔다. 그리고 지리는 정말 내게 많은 도움이 되었다. 그 덕분에 나는 눈길 한 번에 중국과 애리조나를 구별할 수 있었다. 밤의 어둠 속에서 길을 잃었다면, 그게 아주 유익하다.

나는 이렇게 살아오는 동안 수많은 진지한 사람들과 수많은 접촉을 했다. 오랫동안 어른들과 함께 살며 그들을 아주 가까이서 보아 왔다. 그렇다고 해서 그들에 대한 내 의견이 크게 달라지지는 않았다.

나는 좀 똑똑해 보이는 사람을 만날 때마다, 항상 품고 다니던 내 그림 제1호를 꺼내 그를 시험해 보곤 했다. 그가 정말 이해력이 있는 사람인가 알고 싶었던 것이다. 그러나 늘 이런 대답이었다.

"모자로구먼."

그러면 나는 보아뱀 이야기도 원시림 이야기도 별 이야기도 꺼내지 않았다. 나는 그가 알아들을 수 있도록, 트럼프 이야기, 골프 이야기, 정치 이야기, 넥타이 이야기를 했다. 그러면 그 어른은 그만큼 분별 있는 사람을 하나 알게 되었다고 아주 흐뭇해하는 것이었다.

나는 이렇게 진심을 털어놓고 이야기할 사람도 없이 혼자 살아오던 끝에, 여섯 해 전, 사하라 사막에서 비행기 사고를 만났다. 모터에서 무언가가 부서진 것이다. 기관사도 승객도 없었던 터라 나는 그 어려운 수리를 혼자서 감당해 볼 작정이었다. 나로서는 죽느냐 사느냐 하는 문제였다. 겨우 일주일 동안 마실 물밖에 없었다.

첫날 저녁, 나는 사람이 사는 곳에서 사방으로 수만 리나 떨어진 사막 위에 누워 잠이 들었다. 넓은 바다 한가운데서 뗏목을 타고 흘러가는 난파선의 뱃사람보다도 훨씬 더 외로운 처지였다. 그러니 해 뜰 무렵 이상한 작은 목소리가 나를 불러 깨웠을 때, 내가 얼마나 놀랐겠는가. 그 목소리는 말했다.

"저…… 양 한 마리만 그려 줘!"

"뭐?"

"양 한 마리만 그려 줘……."

나는 벼락이라도 맞은 듯 벌떡 일어섰다. 나는 눈을 비비고 주위를 잘 살펴보았다. 아주 신기한 꼬마 아이가 엄숙하게 나를 바라보고 있었다. 여기 그의 초상화가 있다. 이 그림은 내가 훗날 그를 모델로 그려 낸 그림 중에서 가장 훌륭한 것이다. 그러나 내 그림이 그 모델만큼 멋이 있으려면 아직 멀었다. 그러나 그건 내 잘못이 아니다. 나는 내 나이 여섯 살 적에 어른들 때문에 기가 죽어 화가의 길을 포기했고, 기껏해야 속이 보이는 보아뱀과 보이지 않는 보아뱀을 그린 것밖에는 달리 그림 공부를 해 본 적이 없지 않은가.

아무튼 나는 놀란 눈을 휘둥그레 뜨고 홀연히 나타난 그 모습을 바라보았다. 사람이 사는 곳에서 사방으로 수만 리나 떨어진 곳이 아닌가. 그런데 내가 본 이 아이는 길을 잃은 것 같지도 않았고, 피곤이나 굶주림이나 목마름에 시달려 녹초가 된 것 같지도, 겁에 질려 있는 것 같지도 않았다. 사람이 사는 곳에서 사방으로 수만 리나 떨어진 사막 한가운데서 길을 잃은 어린아이의 모습이 전혀 아니었다. 나는 마침내 입을 열 수 있게 되자, 겨우 이렇게 말했다.

"그런데…… 넌 거기서 뭘 하고 있니?"

그러나 그 애는 무슨 중대한 일이나 되는 것처럼 아주 나직하게 같은 말을 되풀이했다.

"저기…… 양 한 마리만 그려 줘……."

터무니없는 일이라도 너무 강렬한 느낌을 받으면 감히 거역하지 못하는 법이다. 그래서 사람들이 사는 곳에서 사방으로 수만 리나 떨어진 데서 죽음이 눈앞에 어른거리는 판에 정말 멍청한 짓을 한다고 생각을 하면서도, 나는 주머니에서 종이와 만년필을 꺼냈다. 하지만 나는 그때 내가 특별히 공부한 것이라고는 고작 지리와 역사와 산수와 문법이라는 생각이 나서, (좀 언짢은 기분으로) 그 꼬마 아이에게 그림을 그릴 줄 모른다고 말했다. 그가 나에게 대답했다.

"괜찮아. 양 한 마리만 그려 줘."

나는 한 번도 양을 그려 본 적이 없기 때문에, 내가 오직 그릴 수 있는 두 가지 그림 중에서 하나를 그에게 다시 그려 주었다. 속이 보이지 않는 보아뱀의 그림을. 그런데 놀랍게도 그 꼬마 아이는 이렇게 대답하는 것이었다.

"아냐, 아냐! 난 보아뱀의 뱃속에 있는 코끼리는 싫어. 보아뱀은 아주 위험하고, 코끼리는 아주 거추장스러워. 내가 사는 데는 아주 작아서. 나는 양을 갖고 싶어. 양 한 마리만 그려 줘."

그래서 나는 이 양을 그렸다.

그는 조심스럽게 살펴보더니 말했다.
"아냐! 이건 벌써 몹시 병들었는걸. 다른 걸로 하나 그려 줘."
나는 이 그림을 그렸다.
내 친구는 얌전하게 미소 짓더니, 너그럽게 말했다.
"아이참…… 이게 아니야. 이건 숫양이야. 뿔이 돋고……."
그래서 나는 이 그림을 그렸다.
그러나 이것 역시 앞의 그림들처럼 퇴짜를 맞았다.

"이건 너무 늙었어. 나는 오래 살 수 있는 양이 필요해."
그때 나는 모터를 분해할 일이 우선 급해, 참지 못하고 아무렇게나 쓱 그어 댔는데, 그게 이 그림이었다.
그러고는 던져 주며 말했다.
"이건 상자야. 네가 갖고 싶어 하는 양은 그 안에 들어 있어."
그런데 놀랍게도 이 어린 심판관의 얼굴이 환하게 밝아지는 게 아닌가.

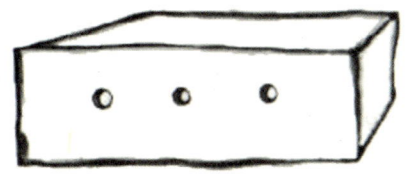

"내가 원한 건 바로 이거야! 이 양을 먹이려면 풀이 많이 있어야 할까?"
"그게 걱정이야?"
"내가 사는 데는 아주 작아서……."
"아마도 충분할 거야. 내가 그려 준 건 아주 조그만 양이거든."
그는 고개를 숙이고 그림을 들여다보았다.
"그렇게 작지도 않은데…… 이것 봐! 잠이 들었어……."
나는 이렇게 해서 어린 왕자를 알게 되었다.

중간 부분 줄거리

'나'는 어린 왕자와의 대화를 통해 어린 왕자의 여행 이야기를 전해 듣게 된다. 어린 왕자는 첫 번째 별에서 권위만 내세우며 끝없이 남에게 군림하려는 왕을 만났다. 두 번째 별에서는 허영심에 가득 찬 사람, 세 번째 별에서는 술 마시는 게 부끄러워 술을 마시는 사람, 네 번째 별에서는 우주의 모든 별을 소유하려는 사업가, 다섯 번째 별에서는 명령에 따라 일 분에 한 번씩 습관적으로 불을 끄고 켜는 일에만 열중하느라 여유가 없는 사람, 여섯 번째 별에서는 직접 가 보지도 않으면서 세상의 지도를 그리려는 지리학자를 만나게 된다. 어린 왕자의 탐험 이야기를 받아 적으려던 지리학자는 어디로 가면 좋겠냐는 어린 왕자의 질문에 지구를 소개해 주며 가 보라고 한다.

일곱 번째 별은 따라서 지구였다.

지구는 여간한 별이 아니다. 이 별엔 왕이 111명(물론 흑인 왕도 포함해서), 지리학자가 7천 명, 사업가가 90만 명, 주정뱅이가 750만 명, 허영쟁이가 3억 1천1백만 명, 다시 말해서 거의 20억이나 되는 어른들이 살고 있다.

전기가 발명되기 전까지 육대주 전체에 46만 2511명이나 되는 가로등 켜는 사람들이 정말 군대처럼 움직여야 했다는 이야기를 들으면 지구가 얼마나 큰지 여러분들도 짐작할 수 있을 것이다.

좀 멀리서 바라보면 찬란한 구경거리였다. 이 군대들의 움직임은 오페라의 발레단처럼 질서 정연했다. 먼저 뉴질랜드와 오스트레일리아의 가로등 켜는 사람들 차례가 온다. 그들은 곧 등에 불을 붙이고 잠을 자러 간다. 그러면 중국과 시베리아의 가로등 켜는 사람들이 춤을 추러 들어온다. 곧 그들도 역시 무대 뒤로 사라진다. 그러면 러시아와 인도의 가로등 켜는 사람들의 차례가 온다. 이어서 아프리카와 유럽의 가로등 켜는 사람들. 이어서 남아메리카와 북아메리카. 그들은 무대에 등장하는 순서에 결코 실수하는 법이 없었다. 정말 대단했다.

오직, 북극에 하나뿐인 가로등 켜는 사람과 남극에 하나뿐인 그의 동업자, 이 두 사람만 한가롭고 태평하게 살았다. 그들은 1년에 두 번 일을 하였다.

재치를 부리려다 보면 좀 거짓말을 하게 되는 수가 있다. 여러분들에게 가로등 켜는 사람들의 얘기를 하면서도 내가 아주 정직했던 것은 아니다. 우리 별을 잘 모르는 사람들이 이 별에 대해 그릇된 생각을 가지게 될까 봐 걱정이다. 지구에서 사람들이 차지하는 자리는 아주 작다. 지구에 사는 20억의 주민이 무슨 모임에서처럼 좀 좁혀 서기만 하면 가로 20마일, 세로 20마일의 광장 하나에 어렵지 않게 들어설 수 있을 것이다. 태평양의 가장 작은 섬 하나에 전 인류를 몰아넣을 수도 있으리라.

물론 어른들은 이 말을 믿지 않을 것이다. 그들은 자기들이 넓은 자리를 차지하고 있다고 생각한다. 자기들이 바오바브나무처럼 커다랗다고 생각한다. 그러니 그들에게 계산을 좀 해 보라고 하는 게 좋겠다. 숫자를 존경하는 사람들이니 그냥 기뻐할 것이다. 그렇다고 여러분들까지 그 지루한 일에 시간을 허비할 것은 없다. 그럴 필요가 없다. 내 말을 믿으라.

어린 왕자는, 일단 지구에 내려섰는데, 도무지 사람이 하나도 보이지 않아 깜짝 놀랐다. 혹시 별을 잘못 찾아온 게 아닌가 벌써 걱정하고 있는데, 달빛의 고리가 모래 속에서 꿈틀거렸다.

"안녕."

어린 왕자는 혹시나 하고 말했다.

"안녕."

뱀이 말했다.

"내가 지금 어느 별에 떨어졌지?"

어린 왕자가 물었다.

"지구야, 아프리카야."

뱀이 대답했다.

"아! …… 그럼 지구엔 사람이 아무도 없니?"

"여긴 사막이야. 사막에는 아무도 없지. 지구는 크단다."

뱀이 말했다.

어린 왕자는 돌 위에 앉아 눈을 들어 하늘을 바라보았다.

"나는 지금,"

그가 말했다,

"사람들이 어느 날 저마다 자기 별을 다시 찾을 수 있게 하려고 저렇게 별들이 반짝이는 것은 아닐까 하는 생각이 들어. 내 별을 봐. 바로 우리 머리 위에 있어……. 하지만 얼마나 먼 곳인데!"

"아름답구나."

뱀이 말했다.

"여긴 뭐 하러 왔니?"

"어느 꽃하고 말썽이 났어."

어린 왕자가 말했다.

"아!"

뱀이 말했다. 그리고 그들은 말이 없었다.

"사람들은 어디 있니?"

마침내 어린 왕자가 다시 입을 열었다.

"사막은 좀 외롭구나……."

"사람들이 사는 곳도 역시 외롭지."

뱀이 말했다. 어린 왕자는 오랫동안 뱀을 바라보았다.

"너는 이상한 짐승이구나."

마침내 그가 말했다.

"손가락같이 가느다랗고……."
"하지만 난 왕의 손가락보다도 더 힘이 세지."
뱀이 말했다. 어린 왕자는 빙긋이 웃으며 말했다.
"네가 힘이 세다니…… 발도 없는데…… 여행도 할 수 없고……."
"나는 너를 배보다 더 멀리 데려갈 수 있어."
뱀이 말했다.
그는 마치 금팔찌처럼 어린 왕자의 발목을 휘감았다.
"누구든지 내가 건드리기만 하면 자기가 태어난 땅으로 되돌아가지."
그가 다시 말했다.
"그러나 넌 순수하고 또 별에서 왔으니까……."
어린 왕자는 아무 대답도 하지 않았다.
"너를 보니 애처롭구나. 이 화강암의 지구 위에서 너처럼 약한 애를 보니. 어느 날 네 별이 너무 그립거든, 내가 널 도와줄 수 있어. 내가 해 줄 수……."
"오! 잘 알았어."
어린 왕자가 말했다.
"그런데 너는 왜 늘 수수께끼로 말을 하니?"
"나는 그걸 모두 풀지."
뱀이 말했다. 그리고 그들은 말이 없었다.

어린 왕자는 사막을 가로질렀으나, 단지 꽃 한 송이를 만났다. 꽃잎을 셋 가진 꽃 한 송이, 아무것도 아닌 꽃 한 송이…….

"안녕."

어린 왕자가 말했다.

"안녕."

꽃이 말했다.

"사람들은 어디 있지?"

어린 왕자가 점잖게 물었다.

그 꽃은 어느 날 대상(隊商)이 지나가는 것을 본 적이 있었다.

"사람들? 예닐곱쯤 있는 것 같아. 몇 년 전에 그들을 보았지. 하지만 어디 가야 만날 수 있을지 전혀 알 길이 없어. 바람이 그들을 몰고 다니지. 그들은 뿌리가 없어서 아주 곤란을 겪는 거야."

"안녕히."

어린 왕자가 말했다.

"안녕히."

꽃이 말했다.

어린 왕자는 높은 산에 올라갔다. 그가 그때까지 알고 있던 산이라곤 무릎밖에 안 차는 화산 세 개뿐이었다. 거기다가 사화산은 걸상으로 쓰고 있었다. 그래서 그는 생각했다. '이렇게 높은 산에서라면 이 별 전체와 사람들을 한눈에 다 볼 수 있겠는데.' 그러나 그는 뾰족뾰족한 바위 꼭대기밖에는 보지 못했다.

"안녕."

그는 무턱대고 말을 했다.

"안녕…… 안녕…… 안녕……."

메아리가 대답했다.

"너희들은 누구냐?"

어린 왕자가 말했다.

"너희들은 누구…… 너희들은 누구…… 너희들은 누구……."

메아리가 대답했다.

"내 친구가 되어 줘. 난 외로워."

그가 말했다.

"난 외로워…… 난 외로워…… 난 외로워……."

메아리가 대답했다. 그래서 그는 생각했다. '별 이상한 별이 다 있네! 아주 메마르고 아주 날카롭고 아주 각박한 별이야. 게다가 사람들은 상상력이 없어. 말을 해 주면 그 말을 되풀이하고……. 내 별엔 꽃이 한 송이 있었지. 그 꽃은 언제나 먼저 말을 걸었는데…….'

그러나 어린 왕자는 사막과 바위와 눈을 헤치고 오랫동안 걸어서 마침내 길을 하나 발견하게 되었다. 길은 모두 사람들이 사는 곳으로 통한다.

"안녕."

그가 말했다. 장미가 피어 있는 정원이었다.

"안녕."

장미꽃들이 말했다. 어린 왕자는 그 꽃들을 바라보았다. 모두 자기 꽃과 닮은 꽃들이었다.

"너희들은 누구니?"

어린 왕자는 어리둥절해서 물어보았다.

"우리는 장미꽃이야."

장미꽃들이 대답했다.

"아!"

어린 왕자가 말했다. 그는 자기가 매우 불행하다고 생각했다. 그의 꽃은 자기가 이 세상에서 같은 종류로는 단 한 송이의 꽃이라고 말했었다. 그런데 정원 하나에 이렇게 똑 닮은 꽃이 5천 송이나 있다니!

'내 꽃이 이걸 보면 몹시 화가 나겠지······.' 어린 왕자는 속으로 말했다. '웃음거리가 되지 않으려고 큰 소리로 기침을 하고 죽는시늉을 하겠지. 그럼 나는 할 수 없이 돌봐 주는 척해야겠지. 그러지 않으면 나까지 부끄럽게 만들려고 정말 죽어 버릴지 몰라······.'

그리고 그는 또 이렇게 생각했다. '나는 내가 세상에 하나밖에 없는 꽃을 가진 부자라고 생각했는데, 흔한 장미꽃 하나를 가졌을 뿐이야. 거기에다 무릎밖에 안 차는 화산 세 개, 그것도 하나는 영원히 꺼져 있을지도 모르는데, 그런 걸 가지고 어떻게 훌륭한 왕자가 되겠어······.' 그는 풀밭에 엎드려 울었다.

여우가 나타난 것은 바로 그때였다.

"안녕."

여우가 말했다.

"안녕."

어린 왕자는 얌전히 대답하고 고개를 돌렸지만 아무것도 보이지 않았다.

"여기 있어."

그 목소리가 말했다.

"사과나무 밑에……."

"넌 누구니?"

어린 왕자가 말했다.

"정말 예쁘구나……."

"난 여우야."

여우가 말했다.

"이리 와서 나하고 놀자."

어린 왕자가 제안했다.

"난 아주 슬퍼……."

"난 너하고 놀 수가 없어."

여우가 말했다.

"난 길들여지지 않았거든."

"아! 미안해."

어린 왕자가 말했다. 그러나 곰곰이 생각해 보고 나서 덧붙였다.

"'길들인다'는 게 무슨 뜻이야?"

"넌 여기 애가 아니구나."

여우가 말했다.

"넌 무얼 찾고 있니?"

"난 사람들을 찾아."

어린 왕자가 말했다.

"'길들인다'는 게 무슨 뜻이야?"

"사람들은 총을 가지고 있고 사냥을 해. 정말 난처한 것들이야! 그들은 닭도 키우지. 그네들의 유일한 낙이야. 너는 닭을 찾니?"

여우가 말했다.

"아니야."

어린 왕자가 말했다.

"나는 친구들을 찾고 있어. '길들인다'는 게 무슨 뜻이야?"

"그건 모두들 너무나 잊고 있는 것이지."

여우가 말했다.

"그건 '관계를 맺는다'는 뜻이야."

"관계를 맺는다고?"

"물론이지."

여우가 말했다.

"너는 아직 내게 세상에 흔한 여러 아이들과 전혀 다를 게 없는 한 아이에 지나지 않아. 그래서 나는 네가 필요 없어. 너도 역시 내가 필요 없지. 나도 세상에 흔한 여러 여우들과 전혀 다를 게 없는 한 여우에 지나지 않는 거야. 그러나 네가 나를 길들인다면 우리는 서로 필요하게 되지. 너는 나한테 이 세상에 하나밖에 없는 것이 될 거야. 나는 너한테 이 세상에 하나밖에 없는 것이 될 거고……."

"알 것 같아."

어린 왕자가 말했다.

"꽃이 하나 있는데…… 그 꽃이 나를 길들인 것 같아……."

"그럴 수 있지."

여우가 말했다.

"지구 위엔 별의별 일이 다 있으니까……."

"오! 지구에서가 아니야."

어린 왕자가 말했다. 여우는 몹시 마음이 끌리는 것 같았다.

"그럼 다른 별에서야?"

"그래."

"그 별에 사냥꾼이 있니?"

"없어."

"그거 끌리는데! 그럼 닭은?"

"없어."

"완전한 것은 없지."

여우는 한숨을 내쉬었다.

그러나 여우는 자기 생각을 다시 이야기했다.

"내 생활은 단조로워. 나는 닭을 쫓고, 사람들은 나를 쫓고. 닭들은 모두 그게 그거고, 사람들도 모두 그게 그거고. 그래서 난 좀 지겨워. 그러나 네가 날 길들인다면 내 생활은 햇빛을 받은 듯 환해질 거야. 모든 발자국 소리와는 다르게 들릴 발자국 소리를 나는 듣게 될 거야. 다른 발자국 소리는 나를 땅속에 숨게 하지. 네 발자국 소리는 음악처럼 나를 굴 밖으로 불러낼 거야. 그리고 저기, 밀밭이 보이지? 나는 빵을 먹지 않아. 밀은 내게 아무 소용이 없어. 밀밭을 보아도 떠오르는 게 없어. 그래서 슬퍼! 그러나 네 머리칼은 금빛이야. 그래서 네가 나를 길들인다면 정말 놀라운 일이 일어날 거야. 밀은, 금빛이어서, 너를 생각나게 할 거야. 그래서 나는 밀밭에 스치는 바람 소리를 사랑하게 될 거고……."

여우는 입을 다물고 오랫동안 어린 왕자를 바라보았다.

"제발…… 나를 길들여 줘!"

여우가 말했다.

"그러고는 싶은데,"

어린 왕자가 대답했다.

"시간이 없어. 나는 친구들을 찾아야 하고 알아야 할 것도 많고."

"자기가 길들인 것밖에는 알 수 없는 거야."

여우가 말했다.

"사람들은 이제 어느 것도 알 시간이 없어. 그들은 미리 만들어진 것을 모두 상점에서 사지. 그러나 친구를 파는 상인은 없어. 그래서 사람들은 친구가 없지. 네가 친구를 갖고 싶다면, 나를 길들여 줘!"

"어떻게 해야 하는데?"

어린 왕자가 말했다.

"아주 참을성이 있어야 해."

여우가 대답했다.

"처음에는 나한테서 조금 떨어져서 바로 그렇게 풀밭에 앉아 있어. 난 곁눈질로 너를 볼 텐데, 너는 말을 하지 마. 말은 오해의 근원이야. 그러나 하루하루 조금씩 가까이 앉아도 돼……."

이튿날 어린 왕자가 다시 왔다.

"같은 시간에 왔으면 더 좋았을걸."

여우가 말했다.

"가령 오후 4시에 네가 온다면 나는 3시부터 행복해지기 시작할 거야. 시간이 갈수록 난 더 행복해질 거야. 4시가 되면, 벌써, 나는 안달이 나서 안절부절못하게 될 거야. 난 행복의 대가가 무엇인지 알게 될 거야! 그러나 네가 아무 때나 온다면, 몇 시에 마음을 준비해야 할지 알 수 없을 거야……. 의례가 필요해."

"의례가 뭐야?"

어린 왕자가 말했다.

"그것도 모두들 너무 잊고 있는 것이지."

여우가 말했다.

"그건 어떤 날을 다른 날과 다르게, 어떤 시간을 다른 시간과 다르게 만드는 거야. 이를테면 사냥꾼들에게도 의례가 있지. 그들은 목요일이면 마을 처녀들하고 춤을 춘단다. 그래서 목요일은 경이로운 날이지! 나는 포도밭까지 산책을 나가지. 만일에 사냥꾼들이 아무 때나 춤을 춘다면 모든 날이 다 그게 그거고, 내게는 휴일이 없을 거야."

이렇게 해서 어린 왕자는 여우를 길들였다. 그리고 이별의 시간이 다가왔을 때, 여우가 말했다.

"아! ……울음이 나올 것 같아."

"그건 네 잘못이야. 난 너를 조금도 괴롭히고 싶지 않았는데, 네가 길들여 달라고 해서……."

어린 왕자가 말했다.

"물론 그래."

여우가 말했다.

"그런데 넌 울려고 하잖아!"

어린 왕자가 말했다.

"물론 그래."

여우가 말했다.

"그럼 넌 얻은 게 아무것도 없잖아!"

"얻은 게 있지. 저 밀 색깔이 있으니까."

여우가 말했다. 그리고 그는 덧붙였다.

"장미들을 다시 보러 가 봐. 네 꽃은 이 세상에 단 하나란 걸 알게 될 거야. 이별의 인사를 하러 네가 다시 돌아오면, 선물로 비밀 하나를 알려 줄게."

어린 왕자는 장미들을 다시 보러 갔다.
그는 꽃들에게 말했다.
"너희들은 내 장미를 전혀 닮지 않았어, 너희들은 아직 아무것도 아니야. 누구도 너희들을 길들이지 않았고, 너희들은 누구도 길들이지 않았어. 너희들은 옛날 내 여우와 같아. 수많은 다른 여우들과 다를 게 없는 여우 한 마리에 지나지 않았지. 그러나 내가 친구로 삼았고, 그래서 이제는 이 세상에서 단 하나밖에 없는 여우가 됐어."

이 말에 장미꽃들은 난처했다.
"너희들은 아름다워, 그러나 너희들은 비어 있어."
어린 왕자는 다시 말했다.
"아무도 너희들을 위해 죽을 수는 없을 거야. 물론 멋모르는 행인은 내 장미도 너희들과 비슷하다고 생각할 거야. 그러나 그 꽃 하나만으로도 너희들 전부보다 더 소중해. 내가 물을 준 꽃이기 때문이야. 내가 유리 덮개를 씌워 준 꽃이기 때문이야. 내가 바람막이로 바람을 막아 준 꽃이기 때문이야. 내가 벌레를 잡아 준 꽃이기 때문이야(나비가 되라고 두세 마리만 남겨 놓고). 내가 불평을 들어 주고, 허풍을 들어 주고, 때로는 침묵까지 들어 준 꽃이기 때문이야. 그것이 내 장미이기 때문이야."

그리고 그는 여우에게로 돌아왔다.

"잘 있어."

그가 말했다.

"잘 가."

여우가 말했다.

"내 비밀은 이거야. 아주 간단해. 마음으로 보아야만 잘 보인다. 중요한 것은 눈으로는 보이지 않는다."

"중요한 것은 눈으로는 보이지 않는다."

어린 왕자는 기억해 두려고 되풀이했다.

"네 장미를 그토록 소중하게 만든 건 네가 너의 장미에게 소비한 시간 때문이야."

"나의 장미에게 소비한 시간 때문이야."

어린 왕자는 기억해 두려고 되풀이했다.

"사람들은 이 진실을 잊어버렸어."

여우가 말했다.

"그러나 너는 잊으면 안 돼. 네가 길들은 것에 너는 언제까지나 책임이 있어. 너는 네 장미한테 책임이 있어……."

"나는 내 장미한테 책임이 있어……."

어린 왕자는 기억해 두려고 되풀이했다.

뒷부분 줄거리

어린 왕자의 경험담을 다 듣는 동안에도 '나'는 비행기를 고치지 못한다. 마실 물이 다 떨어진 나는 어린 왕자와 함께 사막 속에서 우물을 찾아 길을 떠나게 되고 기적처럼 우물을 찾아낸다. 어린 왕자는 목적지를 모른 채 초조하게 기차를 기다리며 제자리를 맴도는 사람들의 이야기와 꽃을 5천 송이나 가꾸면서도 자신들이 진정으로 원하는 것이 무엇인지를 못 찾고 있는 어른들에 대해 이야기한다. 우물 곁에 머물겠다는 어린 왕자를 두고 되돌아와 비행기를 고치던 나는 어린 왕자가 걱정되어 매일 우물을 찾지만 어린 왕자는 여행을 떠난 지 딱 일 년이 되던 날, 노란 뱀의 도움을 받아 낡은 껍데기를 버리고 그의 별로 되돌아간다.

생텍쥐페리 (1900 ~ 1944)

생텍쥐페리는 프랑스 리옹에서 태어났습니다. 군대에서 비행사 자격증을 획득한 뒤 직접 우편 비행을 하며 『남방 우편기』, 『야간 비행』, 『인간의 대지』 등의 작품을 발표했습니다. 그는 주로 인간의 관계 맺기, 정신적 유대에 관한 깊은 성찰을 작품의 주제로 다루었습니다. 『어린 왕자』는 작가가 직접 그린 삽화를 곁들여 순수하고 독특한 세계관을 선보였으며, 옛 프랑스 50프랑 지폐에 얼굴이 실릴 정도로 많은 사랑을 받았습니다. 1944년 연합군 반격 작전에 참여해 정찰 비행을 하던 중 행방불명되어 아직도 돌아오지 않고 있습니다.

1 사건과 인물의 특징 이해하기

소설의 인물과 그에 대한 소개글이다. 관련 있는 것끼리 연결해 봅시다.

인물	소개글
나	화가가 되고 싶었으나 그림을 이해하지 못하는 어른들 때문에 비행기 조종사가 됨. 비행기 고장으로 사막에 불시착한 뒤 어린 왕자를 만나 그의 이야기를 전해 듣게 됨.
어른들	① 장미꽃과의 말썽 때문에 자신의 별을 떠나 여행을 하던 도중 지구에 도착해 '나'를 만나게 됨. 호기심이 많고 순수함.
어린 왕자	② 관계 맺는 법을 알려 줌. 어린 왕자와 친구가 되어 인생의 중요한 비밀을 말해 주게 됨.
여우	③ 지구에서 처음 만나게 된 생명체. 어린 왕자가 자신의 별로 돌아가고 싶을 때 도움을 줄 수 있음을 알려 줌.
뱀	④ 눈에 보이는 것에만 관심이 있고 어린아이의 마음을 헤아릴 줄 모름. 물질만능주의와 쾌락에 젖어 있음.

2 인물의 대화를 통한 주제 정리하기

어린 왕자와 여우가 나누는 대화를 바탕으로 '길들임'에 대해 생각해 봅시다.

어린 왕자의 질문	길들인다는 게 뭐야?	너를 길들이기 위해 난 어떻게 해야 하지?	의례가 뭐야?
여우의 대답	①	②	③

3 인물의 대화를 통한 주제 정리하기

다음은 여우가 어린 왕자와 헤어질 때 나눈 대화입니다. 밑줄 친 부분처럼 여러분에게 눈에 보이지 않지만 중요한 것은 무엇인가요?

> "잘 있어."
> 그가 말했다.
> "잘 가."
> 여우가 말했다.
> "내 비밀은 이거야. 아주 간단해. 마음으로 보아야만 잘 보인다. <u>중요한 것은 눈으로는 보이지 않는다.</u>"

4 다르게 이해하기

어른들은 코끼리를 삼킨 보아뱀의 모습을 보고 왜 '모자'라고만 생각했을까요? 두 그림을 비교해 보면서 사물을 있는 그대로 마음의 눈으로 바라본다는 것은 과연 어떤 것인지 다시 한 번 생각해 봅시다.

참다운 관계 맺기를 위한 안내서

생텍쥐페리는 뉴욕의 어느 식당에서 아는 사람들과 함께 식사하는 중에 휴지에 어린 소년을 그리게 되었습니다. 이 그림을 본 출판업자가 이 소년에 대한 동화를 써 볼 것을 권유했고, 이를 수락하며 『어린 왕자』를 썼습니다. 하늘과 별을 동경하며 직접 우편 비행기를 몰다 아프리카의 사막에 추락한 자신의 경험과 직접 그린 삽화를 고스란히 담은 이 작품이 세상에 나올 수 있었던 이유입니다.

『어린 왕자』는 어른을 위한 동화의 형식을 취하고 있어 쉽게 읽히지만, 인간의 삶에 대한 근원적인 질문과 다양한 비유·상징들을 가득 담고 있어 이해하기 쉬운 작품이 아닙니다. 특히 장미와의 말썽 때문에 자신의 별을 떠나 다른 별들을 여행하던 어린 왕자의 눈에 비친 어른들의 세계는 물질적인 것만 추구하며 진실한 삶의 의미를 찾지 못하고 있는 현대인들의 모습을 다양한 형태로 비유하고 있다고 볼 수 있습니다.

작가는 여우와 어린 왕자의 대화를 통해 오랜 시간 정성을 다해 서로를 길들이고, 길들인 것에 대해서는 책임을 지는 것이 '참다운 관계 맺기'이며 이를 통해 삶의 진실에 다가갈 수 있다고 이야기합니다. 또한 '중요한 것은 눈에 보이지 않는다.'라는 말을 통해 겉으로 보이는 것만이 전부는 아니라는 메시지를 전달합니다.

어린 왕자는 여우와의 참다운 관계 맺기를 통해 비로소 장미의 소중함을 깨닫게 되고 자신의 별로 되돌아갑니다. 사소한 관계라도 귀하게 여기며, 숨어 있는 삶의 소중한 가치들을 마음의 눈으로 보려고 노력한다면 우리도 어린 왕자처럼 일상 속에서 삶의 의미를 찾고 진정한 친구를 만나는 여행을 할 수 있지 않을까요?

  순수한 아이의 시선으로 바라본 어른들의 세계와 참다운 관계 맺기를 보여 준 이 책이 오랜 시간 사랑받는 이유를 스스로 찾아볼 수 있기를 바랍니다.

＋ 감상 더하기

• 길들임?

  여러분은 '길들이다'라는 단어에 대해 어떤 감정을 느끼나요? 긍정적으로 받아들이기보다는 부정적인 의미로 느끼는 사람이 좀 더 많지 않나요? 그런데 『어린 왕자』를 읽게 되면 '길들이다'가 새롭고 깊은 울림을 주는 단어로 다가올 거예요. 여우는 자신을 친구로 삼고 싶다면 어린 왕자에게 자신을 길들여 달라고 말합니다. 누군가를 '길들인다는 것'은 많은 시간과 정성을 쏟는 일입니다. 그 과정에서 고통이 따를 수도 있어요. 당연히 '참을성'도 있어야 합니다. 그러한 노력 끝에 '길들이는' 대상은 어느새 특별한 의미가 있는 귀한 존재가 되지요. 즉 '길들임'은 타인과의 참다운 관계 맺기를 위한 방법이라고 볼 수 있어요.

• 의례

  '의례'는 어떤 행사를 치르는 예법이나 정해진 방식에 따라 치르는 행사를 의미해요. 요즘 사람들은 '의례'를 불편하고 형식적인 것으로 치부해 버리는 경우가 많아요. 하지만 인간은 '의례'를 매우 중요하게 여겼어요. 그 예로 백일 잔치, 돌잔치, 성년식, 결혼식, 장례식 등의 '통과의례'를 들 수 있어요. 우리는 살면서 겪게 되는 특별한 변화를 기념하여 다양한 의미를 담은 절차를 순서대로 행하거나 물건을 주고받는 일을 하지요. 이러한 '의례'는 어떤 날을 다른 날과 다르게, 어떤 시간을 특별한 시간으로 만들어 줍니다. 근데 그 '의례'라는 것이 꼭 화려하고 거창할 필요는 없어요. 목마른 친구에게 물 한 모금을 먼저 양보하고, 사랑하는 사람에게 꽃 한 송이를 건네는 것도 소소하지만 의미있는 '의례'가 될 수 있어요. 이런 소소한 '의례'도 눈에 잘 보이진 않지만 사람 사이에서는 중요하답니다.

• **2578 생텍쥐페리**

'2578 생텍쥐페리'라는 소행성이 실제로 존재한다는 걸 알고 있나요? 1975년 11월 2일, 러시아의 천문학자 타마라 미하일로프나 스미르노바가 작은 소행성을 발견한 뒤 작가 생텍쥐페리를 기념하며 붙인 이름이랍니다. 소설가이자 비행사였던 생텍쥐페리가 어린 왕자처럼 실제로 작은 별의 주인이 된 셈이지요. 그리고 1998년 발견된 소행성 45 외제니아의 주위를 도는 작은 위성은 '프티 프랭스'(어린 왕자)로 불립니다.

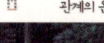 엮어 읽기

『관계의 온도』 • 김리리 외

청소년들의 가장 큰 고민을 차지하는 '관계'에 대한 답을 담은 책입니다. 친구, 가족, 이웃, 얼굴도 모르는 제3자와의 관계 등 다양한 관계 속에서 진정한 관계 맺기가 무엇인지 『어린 왕자』와 비교하여 함께 생각해 볼 수 있습니다.

소나기

국어 교과서가 선택한 소설 읽기

02

   갑자기 세차게 쏟아지는 소나기를 만나 급하게 피했다가 금방 비가 그쳐 가던 길을 이어 갔던 경험이 한두 번은 있지요? '소나기'의 이런 특성을 사람들 사이의 관계에 빗대어 보면 어떤 만남을 떠올릴 수 있을까요?

   소설 「소나기」는 시골 마을을 배경으로 시골 소년과 도시에서 온 소녀의 특별한 만남을 이야기하고 있어요. 사는 곳도, 처지도 다른 두 사람은 어떤 과정을 겪으며 서로를 마음에 새길까요?

   이야기 속 상황이 요즘과 많이 다르게 느껴질 수는 있어요. 하지만 다른 사람에게 관심이 생기고, 그 사람에게 인정받고 싶고, 의미 있는 관계를 맺고 싶은 마음은 요즘이나 옛날이나, 도시나 시골이나 비슷하지 않을까요?

황순원

소나기

    소년은 개울가에서 소녀를 보자 곧 윤 초시네 증손녀라는 걸 알 수 있었다. 소녀는 개울에다 손을 잠그고 물장난을 하고 있는 것이다. 서울서는 이런 개울물을 보지 못하기나 한 듯이.
    벌써 며칠째 소녀는 학교서 돌아오는 길에 물장난이었다. 그런데 어제까지는 개울 기슭에서 하더니 오늘은 징검다리 한가운데 앉아서 하고 있다.
    소년은 개울둑에 앉아 버렸다. 소녀가 비키기를 기다리자는 것이다.
    요행* 지나가는 사람이 있어 소녀가 길을 비켜 주었다.

    다음 날은 좀 늦게 개울가로 나왔다.
    이날은 소녀가 징검다리 한가운데 앉아 세수를 하고 있었다. 분홍 스웨터 소매를 걷어 올린 팔과 목덜미가 마냥 희었다.
    한참 세수를 하고 나더니 이번에는 물속을 빤히 들여다본다. 얼굴이라도 비추어 보는 것이리라. 갑자기 물을 움켜 낸다. 고기 새끼

---

* **요행** 뜻밖에 얻는 행운.

라도 지나가는 듯.

　소녀는 소년이 개울둑에 앉아 있는 걸 아는지 모르는지 그냥 날쌔게 물만 움켜 낸다. 그러나 번번이 허탕이다. 그대로 재미있는 양, 자꾸 물만 움킨다. 어제처럼 개울을 건너는 사람이 있어야 길을 비킬 모양이다.

　그러다가 소녀가 물속에서 무엇을 하나 집어낸다. 하얀 조약돌이었다. 그러고는 훌 일어나 팔짝팔짝 징검다리를 뛰어 건너간다.

　다 건너가더니 휙 이리로 돌아서며,

　"이 바보."

　조약돌이 날아왔다.

　소년은 저도 모르게 벌떡 일어섰다.

　단발머리를 나풀거리며 소녀가 막 달린다. 갈밭• 사잇길로 들어섰다. 뒤에는 청량한 가을 햇살 아래 빛나는 갈꽃뿐.

　이제 저쯤 갈밭머리로 소녀가 나타나리라. 꽤 오랜 시간이 지났다고 생각했다. 그런데도 소녀는 나타나지 않는다. 발돋움을 했다. 그러고도 상당한 시간이 지났다고 생각됐다.

　저쪽 갈밭머리에 갈꽃이 한 움큼 움직였다. 소녀가 갈꽃을 안고 있었다. 그리고 이제는 천천한 걸음이었다. 유난히 맑은 가을 햇살이 소녀의 갈꽃머리에서 반짝거렸다. 소녀 아닌 갈꽃이 들길을 걸어가는 것만 같았다.

　소년은 이 갈꽃이 아주 뵈지 않게 되기까지 그대로 서 있었다. 문득 소녀가 던진 조약돌을 내려다보았다. 물기가 걷혀 있었다. 소년

•갈밭 갈대밭.

은 조약돌을 집어 주머니에 넣었다.

　다음 날부터 좀 더 늦게 개울가로 나왔다. 소녀의 그림자가 뵈지 않았다. 다행이었다.
　그러나 이상한 일이었다. 소녀의 그림자가 뵈지 않는 날이 계속될수록 소년의 가슴 한구석에는 어딘가 허전함이 자리 잡는 것이었다. 주머니 속 조약돌을 주무르는 버릇이 생겼다.
　그러한 어떤 날, 소년은 전에 소녀가 앉아 물장난을 하던 징검다리 한가운데에 앉아 보았다. 물속에 손을 잠갔다. 세수를 하였다. 물속을 들여다보았다. 검게 탄 얼굴이 그대로 비치었다. 싫었다.
　소년은 두 손으로 물속의 얼굴을 움키었다. 몇 번이고 움키었다. 그러다가 깜짝 놀라 일어나고 말았다. 소녀가 이리 건너오고 있지 않느냐.
　숨어서 내 하는 꼴을 엿보고 있었구나. 소년은 달리기 시작했다. 디딤돌을 헛짚었다. 한 발이 물속에 빠졌다. 더 달렸다.
　몸을 가릴 데가 있어 줬으면 좋겠다. 이쪽 길에는 갈밭도 없다. 메밀밭이다. 전에 없이 메밀꽃 내가 짜릿하니 코를 찌른다고 생각됐다. 미간이 아찔했다. 찝찔한 액체가 입술에 흘러들었다. 코피였다. 소년은 한 손으로 코피를 훔쳐 내면서 그냥 달렸다. 어디선가, 바보, 바보, 하는 소리가 자꾸만 뒤따라오는 것 같았다.

　토요일이었다.
　개울가에 이르니 며칠째 보이지 않던 소녀가 건너편 가에 앉아 물장난을 하고 있었다.

모르는 체 징검다리를 건너기 시작했다. 얼마 전에 소녀 앞에서 한 번 실수를 했을 뿐, 여태 큰길 가듯이 건너던 징검다리를 오늘은 조심성스럽게 건넌다.

"애."

못 들은 체했다. 둑 위로 올라섰다.

"애, 이게 무슨 조개지?"

자기도 모르게 돌아섰다. 소녀의 맑고 검은 눈과 마주쳤다. 얼른 소녀의 손바닥으로 눈을 떨구었다.

"비단조개."

"이름두 참 곱다."

갈림길에 왔다. 여기서 소녀는 아래편으로 한 삼 마장˙쯤, 소년은 우대˙로 한 십 리 가까잇길을 가야 한다.

소녀가 걸음을 멈추며,

"너 저 산 너머에 가 본 일 있니?"

벌 끝을 가리켰다.

"없다."

"우리 가 보지 않을래? 시골 오니까 혼자서 심심해 못 견디겠다."

"저래 봬두 멀다."

"멀믄 얼마나 멀갔게? 서울 있을 땐 아주 먼 데까지 소풍 갔었다."

● 마장 거리의 단위. 오 리나 십 리가 못 되는 거리를 이른다.
● 우대 위쪽.

소녀의 눈이 금세, 바보, 바보, 할 것만 같았다.

논 사잇길로 들어섰다. 벼 가을걷이하는 곁을 지났다.

허수아비가 서 있었다. 소년이 새끼줄을 흔들었다. 참새가 몇 마리 날아간다. 참 오늘은 일찍 집으로 돌아가 텃논*의 참새를 봐야 할 걸 하는 생각이 든다.

"아, 재밌다!"

소녀가 허수아비 줄을 잡더니 흔들어 댄다. 허수아비가 대고 우쭐거리며 춤을 춘다. 소녀의 왼쪽 볼에 살포시 보조개가 패었다.

저만치 허수아비가 또 서 있다. 소녀가 그리로 달려간다. 그 뒤를 소년도 달렸다. 오늘 같은 날은 일찌감치 집으로 돌아가 집안일을 도와야 한다는 생각을 잊어버리기라도 하려는 듯이.

소녀의 곁을 스쳐 그냥 달린다. 메뚜기가 따끔따끔 얼굴에 와 부딪힌다. 쪽빛으로 한껏 갠 가을 하늘이 소년의 눈앞에서 맴을 돈다. 어지럽다. 저놈의 독수리, 저놈의 독수리, 저놈의 독수리가 맴을 돌고 있기 때문이다.

돌아다보니 소녀는 지금 자기가 지나쳐 온 허수아비를 흔들고 있다. 좀 전 허수아비보다 더 우쭐거린다.

논이 끝난 곳에 도랑이 하나 있었다. 소녀가 먼저 뛰어 건넜다.

거기서부터 산 밑까지는 밭이었다.

수숫단을 세워 놓은 밭머리를 지났다.

"저게 뭐니?"

"원두막."

---

* **텃논** 집터에 딸리거나 마을 가까이 있는 논.

"여기 차미˙, 맛있니?"

"그럼. 차미 맛두 좋지만 수박 맛은 더 좋다."

"하나 먹어 봤으면."

소년이 참외 그루에 심은 무밭으로 들어가, 무 두 밑을 뽑아 왔다. 아직 밑이 덜 들어 있었다. 잎을 비틀어 팽개친 후 소녀에게 한 밑을 건넨다. 그러고는 이렇게 먹어야 한다는 듯이 먼저 대강이를 한 입 베 물어 낸 다음 손톱으로 한 돌이˙ 껍질을 벗겨 우적 깨문다.

소녀도 따라 했다. 그러나 세 입도 못 먹고,

"아, 맵고 지려."

하며 집어던지고 만다.

"참 맛없어 못 먹겠다."

소년이 더 멀리 팽개쳐 버렸다.

산이 가까워졌다.

단풍이 눈에 따가웠다.

"야아!"

소녀가 산을 향해 달려갔다. 이번은 소년이 뒤따라 달리지 않았다. 그러고도 곧 소녀보다 더 많은 꽃을 꺾었다.

"이게 들국화, 이게 싸리꽃, 이게 도라지꽃……."

"도라지꽃이 이렇게 예쁜 줄은 몰랐네. 난 보랏빛이 좋아! …… 근데 이 양산같이 생긴 노란 꽃이 뭐지?"

˙ **차미** 참외.
˙ **돌이** 무엇의 둘레로 한 바퀴 돌아가거나 감긴 것을 세는 단위.

"마타리꽃."

소녀는 마타리꽃을 양산 받듯이 해 보인다. 약간 상기된 얼굴에 살폿한 보조개를 떠올리며.

다시 소년은 꽃 한 옴큼을 꺾어 왔다. 싱싱한 꽃가지만 골라 소녀에게 건넨다.

그러나 소녀는,

"하나두 버리지 말어."

산마루께로 올라갔다.

맞은편 골짜기에 오손도손 초가집이 몇 모여 있었다.

누가 말한 것도 아닌데 바위에 나란히 걸터앉았다. 별로˙ 주위가 조용해진 것 같았다. 따가운 가을 햇살만이 말라 가는 풀 냄새를 퍼뜨리고 있었다.

"저건 또 무슨 꽃이지?"

적잖이 비탈진 곳에 칡덩굴이 엉키어 끝물 꽃을 달고 있었다.

"꼭 등꽃 같네. 서울 우리 학교에 큰 등나무가 있었단다. 저 꽃을 보니까 등나무 밑에서 놀던 동무들 생각이 난다."

소녀가 조용히 일어나 비탈진 곳으로 간다. 꽃송이가 달린 줄기를 잡고 끊기 시작한다. 좀처럼 끊어지지 않는다. 안간힘을 쓰다가 그만 미끄러지고 만다. 칡덩굴을 그러쥐었다.

소년이 놀라 달려갔다. 소녀가 손을 내밀었다. 손을 잡아 이끌어 올리며, 소년은 제가 꺾어다 줄 것을 잘못했다고 뉘우친다.

소녀의 오른쪽 무릎에 핏방울이 내맺혔다. 소년은 저도 모르게

˙ **별로** 별나게. 보통과는 다르게 특별하거나 이상하게.

생채기˙에 입술을 가져다 대고 빨기 시작했다. 그러다가 무슨 생각을 했는지 홱 일어나 저쪽으로 달려간다.

좀 만에 숨이 차 돌아온 소년은,

"이걸 바르면 낫는다."

송진˙을 생채기에다 문질러 바르고는 그 달음으로 칡덩굴 있는 데로 내려가 꽃 달린 줄기를 이빨로 끊어 가지고 올라온다. 그러고는,

"저기 송아지가 있다. 그리 가 보자."

누렁 송아지였다. 아직 코뚜레˙도 꿰지 않았다.

소년이 고삐를 바투˙ 잡아 쥐고 등을 긁어 주는 척 후딱 올라탔다. 송아지가 껑충거리며 돌아간다.

소녀의 흰 얼굴이, 분홍 스웨터가, 남색 스커트가, 안고 있는 꽃과 함께 범벅이 된다. 모두가 하나의 큰 꽃묶음 같다. 어지럽다. 그러나 내리지 않으리라. 자랑스러웠다. 이것만은 소녀가 흉내 내지 못할 자기 혼자만이 할 수 있는 일인 것이다.

"너희 예서 뭣들 하느냐."

농부 하나가 억새풀 사이로 올라왔다.

송아지 등에서 뛰어내렸다. 어린 송아지를 타서 허리가 상하면 어쩌느냐고 꾸지람을 들을 것만 같다.

그런데 나룻이 긴 농부는 소녀 편을 한 번 훑어보고는 그저 송아지 고삐를 풀어내면서,

- **생채기** 손톱 따위로 할퀴이거나 긁히어서 생긴 작은 상처.
- **송진** 소나무나 잣나무에서 분비되는 끈적끈적한 액체.
- **코뚜레** 소의 코청을 꿰뚫어 끼는 나무 고리.
- **바투** 두 대상이나 물체의 사이가 썩 가깝게.

"어서들 집으루 가거라. 소나기가 올라."

참 먹장구름 한 장이 머리 위에 와 있다. 갑자기 사면이 소란스러워진 것 같다. 바람이 우수수 소리를 내며 지나간다. 삽시간에 주위가 보랏빛으로 변했다.

산을 내려오는데 떡갈나무 잎에서 빗방울 듣는° 소리가 난다. 굵은 빗방울이었다. 목덜미가 선뜻선뜻했다. 그러자 대번에 눈앞을 가로막는 빗줄기.

비안개 속에 원두막이 보였다. 그리로 가 비를 그을° 수밖에.

그러나 원두막은 기둥이 기울고 지붕도 갈래갈래 찢어져 있었다. 그런대로 비가 덜 새는 곳을 가려 소녀를 들어서게 했다. 소녀는 입술이 파랗게 질려 있었다. 어깨를 자꾸 떨었다.

무명 겹저고리를 벗어 소녀의 어깨를 싸 주었다. 소녀는 비에 젖은 눈을 들어 한 번 쳐다보았을 뿐, 소년이 하는 대로 잠자코 있었다. 그러면서 안고 온 꽃묶음 속에서 가지가 꺾이고 꽃이 일그러진 송이를 골라 발밑에 버린다.

소녀가 들어선 곳도 비가 새기 시작했다. 더 거기서 비를 그을 수 없었다.

밖을 내다보던 소년이 무엇을 생각했는지 수수밭 쪽으로 달려간다. 세워 놓은 수숫단 속을 비집어 보더니 옆의 수숫단을 날라다 덧세운다. 다시 속을 비집어 본다. 그러고는 소녀 쪽을 향해 손짓을 한다.

● **듣는** 눈물, 빗물 따위의 액체가 방울져 떨어지는.
● **그을** 비를 잠시 피하여 그치기를 기다릴.

수숫단 속은 비는 안 새었다. 그저 어둡고 좁은 게 안됐다. 앞에 나앉은 소년은 그냥 비를 맞아야만 했다. 그런 소년의 어깨에서 김이 올랐다.
　소녀가 속삭이듯이, 이리 들어와 앉으라고 했다. 괜찮다고 했다. 소녀가 다시 들어와 앉으라고 했다. 할 수 없이 뒷걸음질을 쳤다. 그 바람에 소녀가 안고 있는 꽃묶음이 우그러들었다. 그러나 소녀는 상관없다고 생각했다. 비에 젖은 소년의 몸 내음새가 확 코에 끼얹혀졌다. 그러나 고개를 돌리지 않았다. 도리어 소년의 몸기운으로 해서 떨리던 몸이 적이 누그러지는 느낌이었다.

소란하던 수숫잎 소리가 뚝 그쳤다. 밖이 멀개졌다.

수숫단 속을 벗어 나왔다. 멀지 않은 앞쪽에 햇빛이 눈부시게 내리붓고 있었다.

도랑 있는 곳까지 와 보니, 엄청나게 물이 불어 있었다. 빛마저 제법 붉은 흙탕물이었다. 뛰어 건널 수가 없었다.

소년이 등을 돌려 댔다. 소녀가 순순히 업혔다. 걷어 올린 소년의 잠방이까지 물이 올라왔다. 소녀는, 어머나 소리를 지르며 소년의 목을 그러안았다.

개울가에 다다르기 전에 가을 하늘은 언제 그랬는가 싶게 구름 한 점 없이 쪽빛으로 개어 있었다.

• **잠방이** 가랑이가 무릎까지 내려오도록 짧게 만든 홑바지.

그다음 날은 소녀의 모양이 뵈지 않았다. 다음 날도, 다음 날도. 매일같이 개울가로 달려와 봐도 뵈지 않았다.

학교에서 쉬는 시간에 운동장을 살피기도 했다. 남몰래 오학년 여자 반을 엿보기도 했다. 그러나 뵈지 않았다.

그날도 소년은 주머니 속 흰 조약돌만 만지작거리며 개울가로 나왔다. 그랬더니 이쪽 개울둑에 소녀가 앉아 있는 게 아닌가.

소년은 가슴부터 두근거렸다.

"그동안 앓았다."

알아보게 소녀의 얼굴이 해쓱해져● 있었다.

"그날 소나기 맞은 것 때메?"

소녀가 가만히 고개를 끄덕였다.

"인제 다 났냐?"

"아직두……"

"그럼 누워 있어야지."

"너무 갑갑해서 나왔다. …… 그날 참 재밌었어. …… 근데 그날 어디서 이런 물이 들었는지 잘 지지 않는다."

소녀가 분홍 스웨터 앞자락을 내려다본다. 거기에 검붉은 진흙물 같은 게 들어 있었다.

소녀가 가만히 보조개를 떠올리며,

"이게 무슨 물 같니?"

소년은 스웨터 앞자락만 바라다보고 있었다.

"내 생각해 냈다. 그날 도랑 건널 때 네게 업힌 일 있지? 그때 네

● **해쓱해져** 얼굴에 핏기나 생기가 없어 파리해져.

등에서 옮은 물이다."

　소년은 얼굴이 확 달아오름을 느꼈다.

　갈림길에서 소녀는,

"저 오늘 아침에 우리 집에서 대추를 땄다. 낼 제사 지내려구……."

　대추 한 줌을 내어 준다.

　소년은 주춤한다.

"맛봐라, 우리 증조할아버지가 심었다는데 아주 달다."

　소년은 두 손을 오그려 내밀며,

"참 알두 굵다!"

"그리구 저, 우리 이번에 제사 지내구 나서 좀 있다 집을 내주게 됐다."

　소년은 소녀네가 이사해 오기 전에 벌써 어른들의 이야기를 들어서 윤 초시 손자가 서울서 사업에 실패해 가지고 고향에 돌아오지 않을 수 없게 됐다는 걸 알고 있었다. 그것이 이번에는 고향 집마저 남의 손에 넘기게 된 모양이었다.

"왜 그런지 난 이사 가는 게 싫어졌다. 어른들이 하는 일이니 어쩔 수 없지만……."

　전에 없이 소녀의 까만 눈에 쓸쓸한 빛이 떠돌았다.

　소녀와 헤어져 돌아오는 길에 소년은 혼자 속으로 소녀가 이사를 간다는 말을 수없이 되뇌어 보았다. 무어 그리 안타까울 것도 서러울 것도 없었다. 그렇건만 소년은 지금 자기가 씹고 있는 대추알의 단맛을 모르고 있었다.

이날 밤, 소년은 몰래 덕쇠 할아버지네 호두밭으로 갔다.

낮에 봐 두었던 나무로 올라갔다. 그리고 봐 두었던 가지를 향해 작대기를 내리쳤다. 호두 송이 떨어지는 소리가 별나게 크게 들렸다. 가슴이 선뜻했다. 그러나 다음 순간, 굵은 호두야 많이 떨어져라, 많이 떨어져라, 저도 모를 힘에 이끌려 마구 작대기를 내리치는 것이었다.

돌아오는 길에는 열이틀 달이 지우는 그늘만 골라 짚었다. 그늘의 고마움을 처음 느꼈다.

불룩한 주머니를 어루만졌다. 호두 송이를 맨 손으로 깠다가는 옴이 오르기 쉽다는 말 같은 건 아무렇지도 않았다. 그저 근동에서 제일가는 이 덕쇠 할아버지네 호두를 어서 소녀에게 맛보여야 한다는 생각만이 앞섰다.

그러다, 아차, 하는 생각이 들었다. 소녀더러 병이 좀 낫거들랑 이사 가기 전에 한번 개울가로 나와 달라는 말을 못 해 둔 것이었다. 바보 같은 것, 바보 같은 것.

이튿날, 소년이 학교에서 돌아오니 아버지가 나들이옷으로 갈아입고 닭 한 마리를 안고 있었다.

어디 가시느냐고 물었다.

그 말에는 대꾸도 없이 아버지는 안고 있는 닭의 무게를 겨냥해 보면서,

"이만하면 될까?"

어머니가 망태기를 내주며,

"벌써 며칠째 걀걀하구 알 낳 자리를 보던데요. 크진 않아두 살은 졌을 거예요."

소년이 이번에는 어머니한테 아버지가 어디 가시느냐고 물어보았다.

"저, 서당골 윤 초시 댁에 가신다. 제상에라도 놓으시라구……."

"그럼 큰 놈으루 하나 가져가지. 저 얼룩 수탉으루……."

이 말에 아버지는 허허 웃고 나서,

"임마, 그래두 이게 실속이 있다."

소년은 공연히 열적어°, 책보를 집어 던지고는 외양간으로 가, 소 잔등을 한 번 철썩 갈겼다. 쇠파리라도 잡는 척.

개울물은 날로 여물어 갔다.

소년은 갈림길에서 아래쪽으로 가 보았다. 갈밭머리에서 바라보는 서당골 마을은 쪽빛 하늘 아래 한결 가까워 보였다.

어른들의 말이, 내일 소녀네가 양평읍으로 이사 간다는 것이었다. 거기 가서는 조그마한 가겟방을 보게 되리라는 것이었다.

소년은 저도 모르게 주머니 속 호두알을 만지작거리며, 한 손으로는 수없이 갈꽃을 휘어 꺾고 있었다.

그날 밤, 소년은 자리에 누워서도 같은 생각뿐이었다. 내일 소녀네가 이사하는 걸 가 보나 어쩌나. 가면 소녀를 보게 될까 어떨까.

그러다가 까무룩 잠이 들었는가 하는데,

"허, 참, 세상일두……."

● **열적어** 열없어. 좀 겸연쩍고 부끄러워.

마을 갔던 아버지가 언제 돌아왔는지,

"윤 초시 댁두 말이 아니여. 그 많던 전답을 다 팔아 버리구, 대대루 살아오던 집마저 남의 손에 넘기더니, 또 악상˙까지 당하는 걸 보면······."

남폿불 밑에서 바느질감을 안고 있던 어머니가,

"증손이라곤 기집애 그 애 하나뿐이었지요?"

"그렇지. 사내애 둘 있던 건 어려서 잃구······."

"어쩌믄 그렇게 자식 복이 없을까."

"글쎄 말이지. 이번 앤 꽤 여러 날 앓는 걸 약두 변변히 못 써 봤다더군. 지금 같애서는 윤 초시네두 대가 끊긴 셈이지. ······ 그런데 참 이번 기집애는 어린것이 여간 잔망스럽지˙가 않어. 글쎄 죽기 전에 이런 말을 했다지 않어? 자기가 죽거든 자기 입던 옷을 꼭 그대루 입혀서 묻어 달라구······."

• **악상** 수명을 다 누리지 못하고 젊어서 죽은 사람의 상사. 흔히 젊어서 부모보다 먼저 자식이 죽는 경우를 이른다.
• **잔망스럽지** 얄밉도록 맹랑한 데가 있지.

황순원 (1915 ~ 2000)

황순원 작가는 평안남도 대동군에서 태어났습니다. 1930년부터 동요와 시를 신문에 발표하면서 작품 활동을 시작하였고, 1937년부터는 소설 창작에 주력하였습니다. 그의 소설은 간결하면서도 세련된 문체를 통해 서정적인 아름다움을 드러내면서도, 우리 역사와 민족의 문제 역시 작품 속에 잘 드러내었다고 평가받습니다. 주요 작품에는 「별」, 「목넘이 마을의 개」, 「학」, 『카인의 후예』 등이 있습니다.

1 인물 관계로 사건 이해하기

공간을 따라가며, 소재와 인물 간의 관계를 중심으로 내용을 정리해 봅시다.

개울가	산	수수밭, 도랑
소년과 소녀가 개울가에서 만남. 소녀는 소년에게 (①)을 던지고 가고, 소년은 주머니 속에 넣어 둔 (①)을 주무르는 버릇이 생김.	소년은 자신이 꺾은 (②)을 소녀에게 건네고 (②)을 꺾으려다 다친 소녀를 치료해 줌.	갑자기 (③)가 내리자, 소년과 소녀는 이를 피하려고 수숫단 속으로 들어감. 소년은 소녀를 업고 물이 불어난 (④)을 건넘.
소녀의 관심이 나타남.	소년도 관심이 생김.	두 사람이 가까워짐.

개울가	호두밭	소년의 집
한동안 앓던 소녀가 소년에게 (⑤) 한 줌을 건네며 이사 가기 싫다고 말함.	소년은 소녀에게 주려고 (⑥)를 몰래 따서 맨손으로 깜.	소년은 소녀의 집에 가는 아버지에게 (⑦) 큰 놈으로 가져가라고 하는데, 돌아온 아버지로부터 소녀가 죽었으며 자신이 죽거든 자기가 입던 (⑧)를 그대로 입혀서 묻어 달라고 한 것을 알게 됨.
소년에 대한 소녀의 애정	소녀에 대한 소년의 애정	소년과 소녀의 관계가 추억으로 남음.

2 인물의 특징을 살펴 이해하기

인물의 말과 행동, 외모 등 소설에 드러난 인물의 모습을 찾고, 이를 통해 인물의 특성을 생각해 봅시다.

	소녀	소년
인물의 모습	① 흰 얼굴 ② 소년이 말을 걸자, "이 바보" 하며 조약돌을 던짐. ③ 개울가에서 소년에게 말을 건넸으나 못 들은 체하자, 소년에게 먼저 조개 이름을 물음. ④ 소년에게 산 너머에 가 보자고 말함. ⑤ 자기가 죽거든 자기가 입던 옷을 꼭 그대로 입혀서 묻어 달라고 함.	① 검게 탄 얼굴 ② 징검다리 한 가운데에서 길을 막고 물장난하는 소녀에게 비켜 달라는 말을 못하고 ⓒ_____ _____. ③ 소녀를 생각하며 주머니 속 조약돌을 만지작거림. ④ 소녀 상처의 핏방울을 빨고 송진을 바르고 꽃을 꺾어 줌. ⑤ 소녀를 등에 업어서 도랑을 건넘.
인물의 특성	• ㉠_____에서 왔음. • 소년에게 먼저 다가가는 ㉡_____ 성격임. • 활달함. 외향적임. 개방적임.	• ㉣_____에서 살고 있음. • 소녀에게 먼저 말을 걸지 못하는 ㉢_____ 성격임. • 수줍음이 많고 순박함. • 인정이 많음.

3 작품 속 상징 이해하기

'소나기'와 관련한 사건의 흐름을 정리하고 소설 속 '소나기'의 역할을 생각해 봅시다.

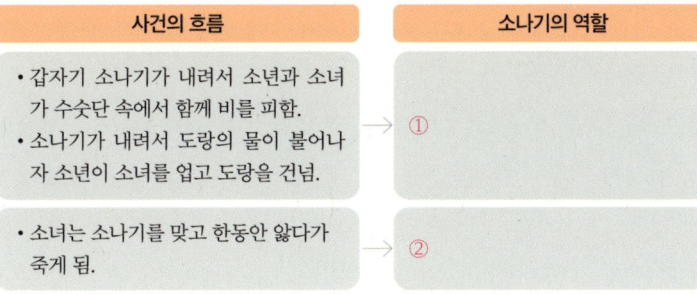

사건의 흐름	소나기의 역할
• 갑자기 소나기가 내려서 소년과 소녀가 수숫단 속에서 함께 비를 피함. • 소나기가 내려서 도랑의 물이 불어나자 소년이 소녀를 업고 도랑을 건넘.	①
• 소녀는 소나기를 맞고 한동안 앓다가 죽게 됨.	②

소나기 • 황순원

순수하고도 애틋한 사춘기 소년과 소녀의 사랑 이야기

　이 소설은 어느 시골 마을을 배경으로 사춘기 소년과 소녀의 순수하고도 애틋한 사랑을 담아내고 있습니다. 그런데 '사랑'을 떠올릴 만한 사건이 뚜렷하지 않은데도 그런 느낌을 받는 이유는 무엇일까요? 먼저 개울가, 논, 밭, 원두막과 같은 자연 공간과 수줍음 많은 소년과 소녀의 모습이 잘 어우러져 수채화처럼 투명하고 순수한 그림이 그려지기 때문입니다. 또 소년과의 추억이 물든 분홍 스웨터를 꼭 그대로 입혀서 묻어 달라는 소녀의 유언과 갑작스러운 이별로 오랫동안 소녀를 그리워할 소년의 모습에서 애틋한 사랑이 느껴지기 때문입니다.

　이렇듯 「소나기」는 작가가 그려 낸 그림을 독자가 적극적으로 채워 가며 읽을 때 더욱 특별한 이야기로 기억될 거예요. 몇 가지 예를 들어 볼게요. 이 소설에서 가장 먼저 눈에 띄는 것은 주인공들의 이름이 정해지지 않았다는 거예요. 이름이 없으므로 이름이 가진 이미지에 얽매이지 않아 투명하고 깨끗한 느낌을 가질 수 있어요. 또 독자들의 이름을 대입해 독자들의 이야기로 읽을 수도 있고요.

　그리고 작가는 인물들의 심리를 말과 행동으로 보여 줄 뿐 직접 말해 주지 않아요. 예를 들어, 참외를 먹고 싶다는 소녀에게 소년은 왜 무를 줄까요? 또 왜 무를 소녀보다 더 멀리 팽개쳐 버렸을까요? 소설의 계절적 배경이 가을이라 참외 농사가 끝나고 무 농사가 시작되었기 때문이에요. 또 소녀에게 맛있는 것을 먹게 해 주고 싶어 기쁜 마음으로 무를 주었는데, 소녀가 맵고 지리다고 버리자 무안한 심정에 더 멀리 팽개쳐 버렸을 거예요. 이 외에도 인물들이 엉뚱하게 반응한다 싶은 부분은 상황 맥락을 파악해 가며 의미를 채워 보세요. 여러분이 의문을 품은 만큼 더욱 특별한 사랑 이야기가 될 거예요.

╋ 감상 더하기

• 말하지 않아도 알아요

소년은 소녀에게, 소녀는 소년에게 단 한 번도 '사랑한다.'는 말을 입 밖으로 꺼내지 않아요. 작가도 이들이 사랑한다고 말해 주지 않죠. 그런데 우리는 어떻게 이들이 서로에게 애정이 있다는 것을 알게 되었을까요? 징검다리 한가운데 앉아서 물장난을 하고 있는 소녀에게 소년은 비켜 달라는 말을 하지 못하고 그저 소녀가 비키기를 기다리고 있죠. 이런 소년에게 소녀는 "이 바보."라고 하며 조약돌을 던져요. 이때부터 소년은 소녀에게 스며들기 시작합니다. 소녀가 보이지 않자 가슴 한구석 어딘가에 허전함을 느끼며 주머니 속 조약돌을 주무르는 버릇이 생기고요. 소년은 전에 소녀가 앉아 물장난하던 징검다리에 앉아 소녀와 똑같이 물장난을 하기도 해요. 소년이 당황해서 실수를 저지를 때면 자꾸 머릿속에 '바보, 바보.' 하는 소녀의 소리가 뒤따라오는 것 같답니다. 소년이 괜스레 소녀보다 무릎을 더 멀리 팽개치는 모습, 소녀에게 꽃 한 움큼을 건네는 모습, 다친 소녀 상처를 치료해 주며 자기가 꽃을 꺾어다 줄 것을 잘못했다고 뉘우치는 모습들, 조약돌, 대추, 호두 모두가 사랑의 다른 모습이죠.

• 한 편의 시 같고 영화 같은 소설

「소나기」를 읽으면 한 편의 시를 읽은 느낌, 영화를 본 듯한 느낌이 들기도 하는데요. 실제로 작가는 "나는 소설 속에 더 넉넉한 시를 담을 수 있다는 생각을 하고 소설을 써 왔다."고 말했대요. 이 작품에는 비유적인 묘사가 많아요. 가을 모습을 '허수아비가 자꾸 우쭐거리며 춤을 춘다.', '바람이 우수수 소리를 내며 지나간다.'라고 하죠. 꽃을 든 소녀는 '소녀의 흰 얼굴이, 분홍 스웨터가, 남색 스커트가, 안고 있는 꽃과 함께 범벅이 된다. 모두가 하나의 큰 꽃묶음 같다.'라고 표현하고 있어요. 색채어도 여러 번 등장하는데요. '분홍' 스웨터 소매, 팔과 목덜미가 마냥 '희었다', '검게' 탄 얼굴, 난 '보랏빛'이 좋아, 소녀는 입술이 '파랗게' 질려 있었다 등이에요. 감각적 표현도 두드러집니다. 소나기를 '빗방울 듣는 소리가 난다, 굵은 빗방울이었다, 목덜미가 선뜻선뜻하다' 등 청각적, 시각적, 촉각적으로 표현합니다. 무를 먹을 때 '맵고 지리'다고 서술하는 등 미각적 표현도 나타나요. 이러한 비유적, 감각적, 색채어의 표현이 이 소설을 서정적으로 만들어 준답니다.

• 소나기 같은 사랑

소년과 소녀의 데면데면했던 첫 만남은 소나기를 만나며 발전해요. 함께 비를 피하고, 소년이 소녀를 업고 도랑을 건너며 가까워지죠. 그러나 이런 소나기 때문에 소년과 소녀는 비극적인 이별을 맞이합니다. 소나기를 맞은 소녀가 한동안 앓다가 죽음에 이르게 되는 것이죠. 소녀가 "난 보랏빛이 좋아!"라고 하는 문장에서는 보라색이 죽음을 상징합니다. 또 소년이 소녀를 보고 '모두가 하나의 큰 꽃묶음 같다!'라고 생각하는데, 후에 비가 오면서 꽃이 일그러지고 가지가 꺾이는 것을 보아 소녀의 비극을 예측해 볼 수 있다는 해석이 있답니다. 이들의 사랑은 결국 소나기처럼 짧은 사랑으로 끝나게 돼요.

> **엮어 읽기**
>
>
>
> 「별」 • 황순원
>
> 어머니를 일찍 여읜 소년은 어머니를 그리워하며 가장 아름다운 사람으로 상상합니다. 그런데 옆집 노파가 소년의 누이가 어머니와 꼭 닮았다고 말하는 것을 듣게 되고 상상 속 어머니의 아름다운 이미지를 방해하는 못생긴 누이를 미워하고 괴롭히게 됩니다. 그러나 누이는 그런 소년을 어머니처럼 사랑으로 보듬어 줍니다. 얼마 후 누이가 죽었다는 소식이 전해져 오자 소년은 별을 보며 누이를 떠올립니다.
>
> 같은 작가의 작품으로, 적극적인 서술을 피하고 장면을 보여 주는 묘사, 상징과 비유가 잘 드러난다는 측면에서 「소나기」와 비교하여 읽을 수 있습니다.

파랑새

국어 교과서가 선택한 소설 읽기

03

　여러분은 간절한 소망을 이루기 위해 이런저런 노력을 해 본 적이 있나요? 아니면 소중한 무언가를 찾기 위해 여기저기 돌아다녀 본 적이 있나요?
　작품 속의 틸틸과 미틸은 파랑새를 찾으려는 소망을 이루기 위해 추억의 나라, 행복의 나라, 미래의 나라 등을 돌아다닙니다. 하지만 진짜 파랑새를 좀처럼 구할 수가 없었죠. 틸틸과 미틸이 파랑새를 꼭 찾도록 응원하는 마음으로 이 작품을 읽어 봅시다. 더불어서, '파랑새'가 의미하는 것이 무엇인지, 여러분에게 '파랑새'는 무엇인지 생각해 보는 시간을 가지면 더욱 좋겠지요.

🖋 모리스 마테를링크

파랑새

📝 앞부분 줄거리

크리스마스 전날, 올해는 산타클로스 할아버지가 찾아오지 않을 거라는 사실에 실망한 틸틸과 미틸. 한편 앞집에는 손님이 많이 찾아오고, 집 안에는 커다란 선물 상자가 주렁주렁 달린 크리스마스트리까지 있다. 틸틸과 미틸이 상상만으로 둘만의 크리스마스 파티를 열었을 때, 문 두드리는 소리가 들린다. 남매를 찾아온 이웃집 할머니는 "너희 집에 파랑새가 있니?" 하고 묻는다. 아픈 손녀를 위해 파랑새가 필요하다는 말에, 틸틸과 미틸은 할머니 대신 파랑새를 찾으러 떠나기로 한다. 이웃집 할머니는 시간을 거꾸로 돌리는 마법 모자를 주었고, 틸틸과 미틸은 모자에 달린 다이아몬드 단추를 돌려, 추억의 나라로 떠난다. 그곳에서 돌아가신 할아버지와 할머니를 만난 틸틸과 미틸. 두 분이 살던 오두막집에서 파랑새를 발견한 틸틸과 미틸은 새장에 가두고 길을 떠나는데, 안개 속에 파묻힌 새장 속의 새는 검은 새로 변해 버린다.

밤의 나라

틸틸과 미틸은 파랑새를 찾기 위해 밤의 나라를 향해 출발했어요. 빛의 요정은 밤의 나라 안으로는 들어가지 못하기 때문에 밖에서 기다리기로 했어요. 밤의 나라에 도착하자 수백 개의 촛불이 켜진 밤의 궁전이 보였어요. 틸틸과 미틸이 궁전 안으로 요정들과 들어서자 달님처럼 얼굴이 창백한 밤의 여왕이 아이들을 맞았어요. 틸틸이 밤의 여왕에게 공손히 물었어요.

"여왕님, 밤의 나라에 파랑새가 있나요?"

"난 한 번도 파랑새를 본 적이 없단다."

"저희가 직접 찾도록 허락해 주세요."

"내가 왜 그래야 하지?"

"한 소녀를 살릴 수 있는 길이기 때문이죠."

사람의 부탁을 거절하지 못하는 밤의 여왕은 어쩔 수 없이 아이들을 궁전 안으로 안내했어요. 그리고 밤의 나라에 있는 비밀의 문을 열 수 있는 꾸러미를 건네주었지요.

틸틸이 첫 번째 청동문 앞에 서서 물었어요.

"여기에는 무엇이 있나요?"

"여러 개의 동굴이 있단다. 동굴마다 사람들에게 불행을 가져다주는 유령들이 살고 있지. 이별의 유령, 슬픔의 유령, 공포의 유령…… 아, 낭떠러지에서 떨어지게 하는 유령도 있단다."

"그 문을 열지 않는 게 좋겠어."

빵의 요정이 오들오들 떨면서 말했어요.

"무서우면 넌 멀찍감치 떨어져 새장이나 꽉 잡고 있어."

"오빠, 나도 무서워. 집에 돌아가고 싶어!"

미틸이 울먹거렸어요. 그러자 사탕의 요정이 긴 손가락 하나를 분질러 미틸에게 주었어요.

"달콤한 막대 사탕을 먹으면 좀 괜찮을 거야."

개의 요정은 틸틸 곁에 바짝 붙어서 든든하게 지켜 주었어요. 틸틸은 '찰칵' 하고 열쇠를 돌린 뒤 조심스럽게 문을 열었어요. 그러자 눈 깜짝할 사이에 다섯 명의 유령이 동굴에서 빠져나오더니 출구를 찾아다녔어요.

"어서 문을 닫아라! 유령들이 다 빠져나오면 세상은 불행으로 가득 찰 거야!"

밤의 여왕이 다급히 외치며 채찍을 휘둘러 유령들을 문 안으로 들여보냈어요. 빵의 요정은 비명을 지르면서 새장을 흔들어 댔어요. 개의 요정은 무서운 이빨로 유령들의 목덜미를 물어서 안으로 들여보냈어요.

"휴, 정말로 큰일 날 뻔했구나. 그런데도 또 다른 문을 열겠니?"

"그럼요. 아직 파랑새를 찾지 못했잖아요."

틸틸은 이렇게 말하며 두 번째 문 앞에 섰어요. 밤의 여왕이 또다시 주의를 주었어요.

"여긴 전쟁의 유령이 사는 곳이니 더 조심해야 해!"

틸틸은 열쇠 구멍에 열쇠를 넣고 돌린 뒤 문을 아주 조금만 열었어요. 무시무시한 소리가 들리더니 전쟁의 요정들이 문을 밀고 나오려고 했어요.

"도와줘! 전쟁의 요정들은 정말로 힘이 세!"

틸틸이 문을 급히 밀며 외치자 모두가 달려들어 문을 닫았어요. 문이 완전히 닫히자 틸틸이 수줍은 듯 말했어요.

"파랑새는 저런 곳에 있지 않을 것 같아요."

"저런 곳에서 살다간 금방 잡아먹히고 말겠지. 이제 알겠니? 여기는 어디에도 파랑새가 없단다."

"아니에요. 빛의 요정이 여기에 파랑새가 있다고 했는걸요. 그리고 아직 열어 보지 못한 문도 있잖아요!"

틸틸은 이렇게 말하고 그다음 문 앞으로 갔어요. 밤의 여왕은 차가운 표정으로 말했어요.

"여기는 질병의 유령들이 사는 방이야. 인간들이 좋은 약과 치료법을 개발하는 바람에 지금은 다들 어둠 속에서 자고 있지."

틸틸이 열쇠로 문을 열었어요. 동굴 안은 잠잠했어요. 밤의 여왕의 말대로 모두 축 늘어져 있거나 잠들어 있었기 때문이지요.

"여기에도 파랑새는 없을 것 같아요."

틸틸이 실망하며 문을 닫으려고 하자, 잠옷을 입은 아이가 코를 훌쩍거리면서 나왔어요.

"저 아이는 누구예요?"

"감기란다. 질병의 유령 중에서는 약한 편이지만 그래도 조심하지 않으면 저 아이처럼 코를 훌쩍거리게 될 거야."

밤의 여왕은 감기 유령의 엉덩이를 찰싹 때려 동굴 속으로 밀어 넣었어요. 그사이 틸틸은 밤의 궁전 한가운데에 있는 가장 큰 문 앞에 섰어요.

"그 문은 절대로 안 돼! 그 방을 열면 누구든지 그 자리에서 죽게 될 거야."

밤의 여왕이 깜짝 놀라며 소리쳤어요. 밤의 여왕은 매우 초조하고 불안해 보였어요.

미틸은 그만 돌아가자고 틸틸의 손을 잡아끌었어요. 빵의 요정과 사탕의 요정은 벌써 기둥 뒤로 숨었어요. 고양이 요정은 처음부터 어디론가 숨어서 단 한 번도 모습을 드러내지 않았어요. 오직 개의 요정만 틸틸 곁에 남아 있었지요.

"틸틸, 내가 널 지켜 줄게!"

개의 요정이 말했어요. 틸틸은 용기를 내어 문을 열었어요. 그런데 뜻밖에도 문 안쪽으로 푸른 초원이 끝없이 펼쳐져 있었어요. 달빛이 환하게 비치는 밤하늘에는 파랑새들이 날개를 활짝 펴고 훨훨 날아다녔지요.

"파랑새야! 수백 마리, 아니 수천 마리나 돼."

틸틸이 탄성을 지르며 미틸과 요정들을 불렀어요.

파랑새는 아이들의 손에 내려앉아 아름다운 노래를 불렀어요. 틸틸과 미틸, 그리고 요정들은 파랑새를 양손에 한 마리씩 잡아 밤의 나라를 나왔어요. 밤의 나라를 나서자 서서히 동녘 하늘이 밝아지며 빛의 요정이 다가왔어요.

"드디어 우리가 파랑새를 찾았어요!"

틸틸이 흥분한 목소리로 외쳤어요. 그러나 밤의 나라를 나온 파랑새들은 하나같이 머리를 축 늘어뜨린 채 움직이지 않았어요.

"이게 어떻게 된 일이지?"

미틸은 실망하여 눈물을 흘렸어요.

"미틸, 울지 마. 우리가 찾는 파랑새는 달빛 아래서뿐만 아니라 햇빛 아래에서도 씩씩하게 날아다닐 수 있어야 해. 우리는 파랑새를 꼭 찾을 수 있을 거야. 자, 이제 숲으로 가서 파랑새를 찾아보자!"

틸틸이 미틸을 달래며 말했어요.

숲의 나라

틸틸과 미틸은 어두워질 즈음에 숲의 나라에 도착했어요. 틸틸은 모자에 달린 다이아몬드 단추를 돌렸어요. 그러자 나뭇잎 스치는 소리와 함께 나무 줄기에서 나무 요정들이 나왔어요. 나무의 요정들은 아이들을 보고 잎사귀를 흔들면서 고함을 질렀어요.

"사람이 나타났어!"

"사람은 우리를 함부로 베고 자르지!"

그때 숲의 여왕이 어둠을 뚫고 다가왔어요. 숲의 여왕은 참나무 잎으로 만든 왕관을 쓰고 나무 지팡이를 짚고 있었어요. 그런데 가만히 보니 숲의 여왕의 어깨 위에 파랑새가 앉아 있는 게 아니겠어요? 틸틸이 자기도 모르게 소리쳤어요.

"파랑새야! 숲의 여왕님, 그 새를 저희한테 주실 수 없나요?"

"파랑새는 숲의 행복과 비밀을 지켜 주는 새야. 파랑새를 잡으러 온 것을 보니 너희도 잔인한 사람들과 다를 게 없구나."

숲의 여왕은 나무의 요정들과 동물의 요정들을 불러 위엄 있게 물었어요.

"누가 저 아이들을 혼내 주겠느냐?"

그런데 아무도 앞으로 나서지 않았어요. 그러자 숲의 여왕이 소나무를 지목했어요.

"여왕님, 전 최근에 곤충들의 습격을 받아서 건강이 좋지 않아요. 상수리나무에게 맡기는 게 어떨까요?"

그러자 상수리나무도 박달나무에게 미루고 뒤로 빠졌어요.

"너희 모두 사람을 두려워하고 있구나. 저렇게 작은 아이인데도 무섭단 말이냐?"

숲의 여왕이 호통을 쳤어요. 그때 황소가 앞으로 나서며 말했어요.

"제게 맡겨 주세요. 이 단단한 뿔로 혼을 내 주겠어요."

"우리가 너에게 뭘 잘못했다고 그러니?"

틸틸이 따지듯 물었어요.

"사람들은 황소들을 이용만 하고 잡아먹지. 난 그 복수를 하고 싶을 뿐이야."

"오빠, 무서워."

미틸이 겁을 집어먹고 말했어요. 하지만 틸틸은 용감하게 맞섰어요.

"우리는 너희를 미워하지 않아. 너희에게 피해도 주지 않을 거야! 우리를 그냥 보내 줘!"

"이런, 어린아이가 꽤 용감하구나."

황소가 얼른 공격을 못 하자 성질 급한 말이 앞으로 나왔어요.

"내 발로 힘껏 걷어차 주지."

틸틸은 말을 쏘아보며 더 큰 목소리로 외쳤어요.

"난 하나도 두렵지 않아! 미틸, 오빠 뒤로 와. 오빠가 널 지켜 줄게!"

그러자 말도 뒷걸음질을 치며 말했어요.

"난 더 이상 못 싸우겠어. 저 아이는 기가 전혀 죽지 않아!"

산돼지가 그 모습을 보고 비웃었어요.

"저런 겁쟁이들! 얘들아, 우리가 나서서 사람들이 얼마나 못된 짓을 했는지 똑똑히 깨닫게 해 주자!"

산돼지의 말에 곰과 늑대가 틸틸을 둘러쌌어요.

"그만둬! 우리는 나쁜 짓을 하지 않아. 우리는 병에 걸린 소녀를 도우려고 숲에 온 것뿐이야!"

틸틸이 소리쳤지만 아무도 그 말을 듣지 않았어요.

결국 틸틸과 개의 요정은 숲의 동물들과 맞서 싸움을 할 수밖에 없었어요. 하지만 상대의 숫자가 너무 많아 금세 지치고 말았어요.

그때 빛의 요정이 새벽빛과 함께 다가왔어요.

"저길 봐! 빛의 요정이야."

개의 요정이 반가워하며 외쳤어요. 빛의 요정을 본 나무 요정과 동물들은 허둥지둥 달아났어요. 숲의 여왕도 어디론가 사라지고 없었지요. 빛의 요정은 환한 미소를 지으면서 틸틸에게 다가왔어요.

행복의 나라

그 뒤에 틸틸과 미틸이 도착한 곳은 행복의 나라였어요. 행복의 나라에 들어서자 푸른 잔디가 깔린 정원이 한없이 펼쳐져 있었어요. 높은 대리석 기둥이 떠받치고 있는 행복의 궁전은 온통 금으로 장식되어 번쩍번쩍 빛이 났어요. 틸틸 일행은 비취 탁자가 있는 커다란 방으로 들어갔어요. 식탁에는 먹음직스러운 음식이 가득 차려져 있고, 어마어마하게 살찐 사람들이 둘러앉아 즐겁게 웃고 떠들며 음식을 먹고 있었어요.

"저 사람들은 누구죠?"

"사치의 요정들이야! 요정들이 아마 너희들을 식탁으로 초대할 거야. 그렇지만 절대로 가까이 가면 안 돼!"

빛의 요정이 주의를 주었어요.

"배고픈데 가서 조금만 먹으면 안 될까요?"

"안 돼. 저 음식들을 먹으면 너희가 해야 할 일을 모두 잊고 말 거야."

그때 뚱뚱한 사치의 요정이 다가와 말을 건넸어요.

"안녕, 친구들! 난 사치의 요정 가운데 가장 으뜸인 돈의 요정이란다. 내 친구들을 소개할게. 얼굴이 둥글고 예쁜 이 요정은 허영의 요정이야. 저 요정은 아무것도 모르는 무지의 요정이야. 귀가 완전히 멀어서 아무것도 들리지 않지. 그 옆의 쌍둥이 요정은 먹기만 하는 요정이야. 배가 고프거나 목이 마르지 않아도 항상 먹어 대지. 자, 우리와 함께 우리 식탁으로 가지 않을래?"

"초대해 줘서 고마워. 하지만 우리는 시간이 없어. 파랑새를 찾아야 하거든. 혹시 파랑새를 본 적이 있니?"

틸틸이 말했어요.

"파랑새라고? 이름은 들어 본 것도 같아. 하지만 먹을 수도 없는 새를 찾아서 뭐 하려고?"

돈의 요정이 허리를 꼿꼿이 세우고 말했어요.

틸틸이 돈의 요정과 얘기를 나누는 사이에 미틸과 다른 요정들은 벌써 식탁에 앉아 음식을 먹고 있었어요. 틸틸이 말렸지만 소용이 없었어요. 먹는 데만 신경이 쏠려 틸틸의 목소리를 듣지 못했거든요.

"빨리 다이아몬드 단추를 돌려!"

빛의 요정이 틸틸에게 속삭였어요. 틸틸이 모자에 있는 다이아몬드 단추를 돌리자 순식간에 식탁이 사라지고, 뚱뚱한 요정들이 바람 빠진 풍선처럼 쭈글쭈글해졌어요. 화려한 옷은 누더기로 변하고 기름진 음식들이 차려진 식탁도 사라졌어요. 요정들은 서로의 모습을 보고는 울부짖으며 행복의 나라 옆에 바로 붙어 있는 불행의 동굴로 들어가 숨어 버렸어요.

"돈이 없거나 외모가 아름답지 못해도 세상에는 많은 행복이 있단다. 사람들이 그걸 발견하지 못할 뿐이야. 마음의 눈을 뜨면 참된 행복이 보일 거야."

빛의 요정이 안타까워하며 말했어요.

"어머나, 저 아이들은 누구지?"

미틸이 분수대에서 놀고 있는 어여쁜 아이들을 가리키며 말했어요.

"저 아이들은 모두 행복이야. 노래하고 춤추고 마음껏 웃을 수 있지만 아직 말은 못 해."

그때 예쁜 드레스를 입은 아이들이 다가와 인사를 건넸어요.

"안녕, 틸틸! 안녕, 미틸!"

"너희는 누구지?"

틸틸이 머리를 갸웃하며 물었어요.

"우리는 너희 집의 행복이야. 언제나 너희 가족과 함께 살고 있지."

"우리 집에도 행복이 있다고?"

"이런 바보, 너희 집은 행복으로 가득 차 있어. 지붕이 날아갈 만큼 우리가 큰 소리로 노래하고 춤추는걸."

얼굴이 사과처럼 빨간 행복이 섭섭해하며 말했어요.

"난 건강의 행복이고 얘는 신선한 공기의 행복이야. 네가 아침에 잠에서 깨어나 문을 열고 밖으로 나가면 우리를 만나게 돼. 너희 옆에는 언제나 행복이 있지. 태양이 지면 황혼의 행복이 찾아가고 그 다음에는 별빛이 반짝이는 밤하늘의 행복이 찾아가. 날씨가 흐리면 비의 행복이 진주로 만든 옷을 입고 나타날 거야. 부모님을 사랑하는 행복도 있지. 봄의 행복과 겨울의 행복도 잊으면 안 돼!"

건강의 행복은 틸틸의 집에 있는 행복들을 소개했어요. 틸틸은 그 많은 행복들이 곁에 있다는 사실에 깜짝 놀랐어요.

"너희는 파랑새가 어디에 있는지 아니?"

틸틸이 묻자 행복의 요정들이 큰 소리로 웃음을 터트렸어요.

"넌 아직도 파랑새가 어디에 있는지 모르니?"

"몰라! 그런데 그게 웃긴 일이니?"

행복의 요정들이 웃자 틸틸은 약간 기분이 상했어요. 그러자 행복의 요정들이 사과하며 말했어요.

"비웃는 건 아니니까 화내지 마. 그렇지만 우리가 가르쳐 줄 수는 없어. 파랑새는 너희가 찾아야 해."

그때 천사처럼 아름답고 눈부신 요정들이 틸틸 일행이 있는 곳으로 걸어왔어요.

"정말로 아름다워요! 그런데 저 요정들은 왜 웃지 않죠? 행복하지 않나요?"

"정말로 큰 행복에는 웃음이 따르지 않을 수도 있어. 저 요정들은 커다란 기쁨들이야. 맨 앞에 걸어오는 요정은 정의의 기쁨, 그 뒤는 친절의 기쁨, 이해의 기쁨이야. 가장 뒤쪽 요정이 누군지 알아볼 수 있겠니?"

건강의 요정이 빙그레 웃으며 말했어요.

"글쎄, 누구지?"

틸틸과 미틸은 알 듯 말 듯했어요.

"눈을 크게 뜨고 다시 한 번 봐! 저건 어머니의 사랑의 기쁨이야. 어머니의 사랑보다 큰 기쁨은 없어."

그 순간, 어머니의 사랑이 두 팔을 크게 벌리고 뛰어와 틸틸과 미틸을 꼭 안아 주었어요.

"얘들아, 엄마의 사랑을 몰라보다니 섭섭하구나."

미틸이 얼굴을 붉히며 대답했어요.

"우리 엄마와 비슷하긴 한데 아름답고 눈부셔서 못 알아봤어요. 이 옷은 정말 예쁘네요. 뭘로 만든 거죠?"

"키스와 포옹, 따뜻하고 부드러운 미소! 너희가 엄마한테 키스할 때마다 햇빛과 달빛이 이 옷을 반짝반짝 빛나게 해 준단다. 그런데 여기는 무슨 일로 왔니?"

"빛의 요정이 우리를 이곳까지 데려다 주었어요. 우리는 파랑새를 찾고 있어요."

어머니의 사랑은 빛의 요정에게 인사를 했어요.

"우리 아이들을 끝까지 잘 부탁해요."

그때 미틸이 어머니의 사랑의 품에 뛰어들었어요.

"나는 엄마와 함께 여기 있을래."

어머니의 사랑은 다정한 미소를 지으며 말했어요.

"미틸, 여행을 마치고 돌아오렴. 나는 먼저 집에 돌아가서 너희를 기다리고 있으마."

틸틸과 미틸은 어쩔 수 없이 어머니의 사랑과 작별을 할 수밖에 없었어요. 파랑새를 찾는 일이 급했으니까요.

미래의 나라

잠시 뒤 틸틸과 미틸은 기둥도 마루도 온통 파란색인 궁전 앞에 도착했어요. 그곳은 미래의 나라였어요. 미래의 나라에서는 파란 옷을 입은 아이들이 파란색 마루에서 뛰놀고 있었어요. 빛의 요정이 미소를 지으며 그 아이들에 대해 설명해 주었어요.

"이 아이들은 아직 태어나지 않은 아이들이야. 이곳에서 태어날 날을 기다리고 있지."

그때 한 아이가 다가와 물었어요.

"세상에 태어나면 재밌을까?"

"그럼, 정말 재밌어."

틸틸이 대답했어요.

"넌 어떻게 태어났는데?"

"그건 너무 오래전이라 잊어버렸는걸."

"태어날 때 엄마들이 저 문밖에서 기다리고 있다는 게 사실일까? 엄마들은 모두 좋은 사람들이라고 하던데 그것도 참말일지 궁금해."

"그럼, 엄마는 세상에서 가장 좋은 사람이야."

이번에는 미틸이 대답해 주었어요.

그때 한 아이가 틸틸과 미틸에게 달려왔어요.

"형! 누나! 난 곧 있으면 형과 누나의 동생으로 태어날 거야!"

"네가 우리 동생이라고?"

틸틸은 깜짝 놀랐어요.

"정말이야?"

미틸은 기쁜 얼굴로 아이의 손을 덥석 잡았어요.

"응, 다음 부활절이 되기 전 일요일에 태어날 거야. 우리 집은 어떤 곳이야?"

"우리 집은 무척 행복하단다."

틸틸과 미틸은 한목소리로 말했어요.

그때 지진이 난 것처럼 땅이 울리더니 정면에 있던 거대한 돌문이 열리기 시작했어요. 파란 옷을 입은 아이들은 돌문 주변으로 우르르 모여들었어요. 문틈으로 파란 빛이 쏟아져 들어왔어요.

빛의 요정은 틸틸과 미틸에게 나지막하게 속삭였어요.

"어서 기둥 뒤로 숨어! 시간의 아버지가 보면 위험해!"

기둥 뒤로 몸을 숨긴 뒤 틸틸이 물었어요.

"왜 저 문이 열리는 거예요?"

"오늘은 몇 명의 아이들이 태어나는 날이란다. 그래서 시간의 아버지가 세상에 태어날 아이들을 데리러 왔단다."

커다란 문이 열리고 밝은 아침햇살이 미래의 나라를 환하게 비추었어요. 눈부신 햇살 속에서 황금빛 돛을 펼친 배가 출항을 기다리고 있었어요. 배 안에서 주황색 밧줄로 엮은 사다리가 내려오더니, 한 손에는 큰 낫을 들고 다른 손에는 모래시계를 든 노인이 천천히 걸어 나왔어요. 바로 시간의 아버지였어요.

"자, 밀지 말고 한 줄로 서라! 오늘 배에 탈 아이들은 모두 스무 명이다."

시간의 아버지가 아이들을 한 명씩 보며 말했어요.

"이 녀석, 넌 10년 후에 오너라! 나를 속이면 못쓴다! 거기 너, 오늘은 네 차례인데 왜 가까이 오지 않는 거야?"

"저는 태어나고 싶지 않아요."

아이는 뒤로 물러서며 말했어요.

"이미 결정된 일이야! 너는 세상에 가서 큰 영웅이 될 거야!"

시간의 아버지는 그 아이까지 배에 타는 것을 보고 나서 배에 탄 아이들이 수를 세었어요.

"이런, 한 명이 모자라잖아? 누가 숨어 있는 거냐?"

그러자 아이들 틈에 몸을 숨기고 있던 여자아이와 남자아이가 걸어 나오며 애원했어요.

"우리는 헤어지고 싶지 않아요."

"안 돼! 이제 390초밖에 남지 않았다. 어서 타렴."

시간의 아버지는 강제로 남자아이를 배에 태웠어요.

드디어 배가 출항했어요. 멀리서 아이들이 외치는 음성이 들려왔어요.

"와, 세상이다! 정말 아름다운 곳이야!"

잠시 뒤에는 엄마들이 아이들을 환영하면서 부르는 기쁨과 희망의 노래가 들렸어요. 시간의 아버지는 커다란 돌문을 닫고 뒤에 남겨진 아이들을 바라보았어요. 그러다가 기둥 뒤에 틸틸과 미틸이 숨어 있는 것을 보고 말했어요.

"아니? 너희는 여기 어떻게 들어왔지?"

시간의 아버지는 험상궂은 표정으로 낫을 휘두르면서 다가왔어요. 그러자 빛의 요정이 다급하게 외쳤어요.

"틸틸, 다이아몬드 단추를 돌려!"

그 말을 듣고 틸틸이 재빨리 다이아몬드를 돌렸어요. 그 덕분에 모두 무사히 그곳을 빠져나왔어요.

파랑새는 우리 집에

"어기는 어디지?"

틸틸은 눈을 깜박이며 주변을 둘러보았어요.

"잘 보렴."

빛의 요정이 웃으며 말했어요.

그때 미틸이 소리쳤어요.

"와, 여긴 우리 집이야! 집에 돌아왔어!"

틸틸과 미틸은 집에 돌아오자 크게 안심이 되었어요.

"이제 우리 모두 헤어질 시간이란다."

빛의 요정이 슬픈 표정으로 아이들에게 말했어요.

"하지만 아직도 파랑새는 찾지 못했어요. 이웃집 할머니께서 매우 슬퍼하실 텐데 걱정이에요."

틸틸이 시무룩한 얼굴로 말했어요.

"너희는 최선을 다했어. 그거면 된 거야."

빛의 요정이 틸틸과 미틸을 위로했어요.

빵의 요정과 불의 요정은 틸틸과 미틸에게 작별 인사를 하고 먼저 제자리로 돌아갔어요. 물의 요정과 사탕의 요정도 제자리로 돌아갔어요. 개와 고양이도 원래 모습으로 돌아갔지요.

"이제 내 차례구나. 얘들아, 잘 있으렴. 난 언제나 너희들 곁에 있을 거야. 찬란한 햇빛, 고요한 달빛이나 눈부신 별빛, 혹은 새벽빛을 보며 날 생각하렴."

빛의 요정이 마지막으로 틸틸과 미틸의 뺨에 입을 맞추었어요.

다음날 아침, 창문 너머로 아침햇살이 들어와 방 안을 환하게 비추었어요. 틸틸과 미틸은 침대 위에 잠들어 있었어요.

"이 잠꾸러기들, 어서 일어나렴!"

엄마가 방으로 들어와 큰 소리로 아이들을 깨웠어요.

틸틸은 벌떡 일어나 엄마 품으로 뛰어들었어요.

"엄마, 오랜만이에요, 정말 보고 싶었어요!"

"그게 무슨 소리니, 틸틸? 우리는 어젯밤에도 인사를 했잖아."

미틸도 눈을 비비면서 엄마 품으로 뛰어들었어요.

"우리가 너무 오랫동안 여행을 해서 엄마도 외로웠지요?"

"무슨 소리니, 미틸? 꿈이라도 꾼 모양이로구나."

엄마는 사랑스런 두 아이에게 입맞춤을 하며 말했어요.

"저희가 할머니, 할아버지도 만났어요. 두 분은 무척 행복해 보이셨어요."

아이들의 말에 귀를 기울이던 엄마가 급히 아빠를 불렀어요.

"여보! 어서 와 봐요. 아이들이 이상해요!"

놀란 아빠가 서둘러 아이들 방으로 들어왔어요. 아이들은 아빠 품으로도 반갑게 뛰어들었어요. 아빠는 아이들을 꼭 안으면서 말했어요.

"걱정할 것 없어. 아이들은 이렇게 씩씩한걸!"

그때였어요. 누군가가 문을 두드렸어요. 문을 열어 보니 이웃집 할머니였어요.

"수프를 끓이려고 하는데 성냥이 없어서 빌리러 왔어요."

틸틸과 미틸은 할머니를 보자마자 파랑새가 떠올랐어요.

"할머니, 죄송해요. 파랑새를 찾지 못했어요."

틸틸이 울상이 된 얼굴로 말했어요. 엄마는 아이들의 말에 몹시 당황했어요.

"죄송해요, 할머니. 아이들이 아침에 일어나서 계속 이상한 소리를 하네요."

"괜찮아요. 아이들이 다 그렇죠, 뭐! 꿈을 꾸었나 보군요. 우리 손녀도 자주 그래요."

할머니는 알 듯 말 듯 미소를 지으며 말했어요.

"참 손녀는 좀 어때요?"

엄마가 안부를 물었어요.

"휴, 병이 낫지를 않아서 걱정이에요."

"참, 손녀분이 항상 새를 갖고 싶어 했다죠? 틸틸, 그 애한테 크리스마스 선물로 네 새를 주지 않겠니?"

엄마가 틸틸을 돌아보며 물었어요.

"파랑새가 아니어도 괜찮다면 가져가세요!"

틸틸은 이렇게 말하며 새장을 가리켰어요.

그러다 깜짝 놀랐어요. 새장 안에 그렇게 찾아 헤매던 파랑새가 있었거든요.

"파랑새예요! 파랑새가 우리 집에 있었어요. 할머니, 이 파랑새를 손녀한테 갖다 주세요. 틀림없이 병이 나을 거예요."

틸틸은 기쁜 마음으로 파랑새를 할머니에게 건넸어요.

"고맙구나! 넌 정말로 착한 아이로구나!"

할머니는 기뻐하며 새장을 들고 돌아갔어요.

틸틸과 미틸은 집 안 구석구석을 둘러보았어요.

"엄마, 아빠, 우리 집이 훨씬 아름다워졌어요. 엄마와 아빠도 훨씬 멋있고요."

틸틸은 행복하게 웃으며 말했어요.

그때 다시 문 두드리는 소리가 들렸어요. 문을 열자 아름다운 소녀가 파랑새를 품에 안고 서 있었어요. 할머니가 뒤따라와 눈물을 훔치며 기쁜 소식을 전했어요.

"기적이 일어났어요! 손녀가 파랑새를 주니까 침대에서 벌떡 일어났지 뭐예요."

틸틸은 소녀에게 가까이 다가와 말했어요.

"넌 빛의 요정과 똑 닮았구나. 파랑새가 예쁘니?"

"응. 정말 예뻐."

"내가 먹이 주는 법을 알려 줄게."

틸틸이 이렇게 말하며 파랑새에 손을 뻗을 때였어요. 파랑새가 소녀의 손에서 빠져나가 하늘로 훨훨 날아가 버렸어요.

"어머 파랑새가 날아가 버렸어!"

소녀가 울상을 지었어요. 틸틸이 소녀를 달래며 약속했어요.

"울지 마. 내가 다른 파랑새를 잡아 줄게. 진짜 행복을 가져다주는 파랑새는 멀리 있지 않거든."

모리스 마테를링크 (1862 ~ 1949)

모리스 폴리도르 마리 베르나르 마테를링크는 1911년에 노벨상을 받은 벨기에의 작가입니다. 시, 수필, 희곡을 썼으며 그중에서도 희곡을 쓰는 극작가로 유명합니다. 『파랑새』 또한 원래 희곡이었고 연극으로 만들어져 큰 인기를 끌게 되자 동화로 고쳐 썼습니다. 그는 『침입자』, 『맹인들』, 『펠리아스와 멜리장드』 등과 『파랑새』의 뒷 이야기인 「약혼 - 파랑새의 선택」을 지었습니다. 그의 작품은 일상 속의 신비와 운명의 힘을 상징적인 수법으로 다루고 있습니다.

1 **사건 파악하기**
틸틸과 미틸이 파랑새를 구하기 위해 돌아다닌 나라마다 무슨 일이 벌어졌는지 정리해 봅시다.

집	할머니 요정에게 모자를 받고 모험을 떠남.
추억의 나라	①
밤의 나라	②
숲의 나라	인간을 미워하는 여러 동물과 식물들과 맞서 싸움.
행복의 나라	③
미래의 나라	곧 태어날 자신들의 동생을 만남.
집	집에서 파랑새를 발견하여 이웃집 소녀에게 선물함.

2 **내용 이해하기**
다음은 작품 속의 시간적 배경을 바탕으로 작품을 감상한 친구의 독서 일기입니다. 빈칸에 들어갈 말을 적어 봅시다.

읽은 날짜 | 202X년 00월 00일   읽은 책 | 파랑새

나는 이 작품의 시간적 배경이 크리스마스이브의 밤인 것에 깊은 의미가 있다고 생각했다. 크리스마스에는 트리를 예쁘게 꾸미고 산타클로스가 선물을 담을 수 있도록 양말을 걸어 놓고 잠을 자는 풍습이 있다. 아침에 일어나면 아이들은 서로 선물을 확인한다.
틸틸과 미틸은 가난해서 크리스마스 선물을 받을 수 없었다. 대신 더 가난한 (①   )에게 크리스마스 날 아침에 (②   )를 선물로 주었다. 아마 지난 밤의 여행을 통해 행복의 진짜 의미를 깨달았기 때문일 것이다. 가족의 소중함과 행복의 의미를 알게 된 그 자체가 틸틸과 미틸에게 (③   )가 주는 크리스마스 선물이 아니었을까?

86 중학교 소설 읽기

3 **깊이 생각하기**
틸틸과 미틸이 모험을 떠나기 전과 후에 어떤 생각의 변화가 일어났는지 정리해 봅시다.

모험을 떠나기 전	모험을 다녀온 뒤
이웃집과 자기 집을 비교하며 부러워함.	①
선물을 받는 기쁨만을 알아 선물 받기를 기다림.	②

4 **자기 생각 정리하기**
행복의 나라에서 나오는 다음 대사를 읽고 여러분의 주변에는 어떤 행복이 있는지 소개해 봅시다.

"나는 건강의 행복이고 애는 신선한 공기의 행복이야. 네가 아침에 잠에서 깨어나 문을 열고 밖으로 나가면 우리를 만나게 돼. 너희 옆에는 언제나 행복이 있지. 태양이 지면 황혼의 행복이 찾아가고 그다음에는 별빛이 반짝이는 밤하늘의 행복이 찾아가. 날씨가 흐리면 비의 행복이 진주로 만든 옷을 입고 나타날 거야."

내 곁에 있는 행복은...

파랑새 • 모리스 마테를링크

행복은 가까운 곳에

『파랑새』는 행복이 멀리 있지 않고 우리 가까운 곳에 있다는 교훈으로 널리 알려진 작품입니다. 처음에는 연극을 위한 대본으로 창작되었다가 연극이 인기를 얻자 작가가 동화로 다듬어서 다시 출판하였습니다. 그리고 나중에서 틸틸이 자라서 약혼자를 찾아 떠나는 후속편이 출간되기도 하였습니다.

『파랑새』에서 틸틸과 미틸은 여러 사건을 겪으면서 겉으로 행복한 척 포장된 가짜 행복이 있음을 알게 됩니다. 그리고 집에 돌아와서는 주변의 익숙한 존재가 사실은 우리에게 가장 소중한 존재였음을 깨닫게 되지요. 틸틸과 미틸이 돌아다니며 만난 파랑새들은 각각 어떤 교훈들을 전달합니다. 추억의 나라에서 할아버지, 할머니가 기꺼이 내준 파랑새는 나중에 검은 새가 되어 버립니다. 이 이야기는 추억이 아무리 아름다워도 그것은 추억일 뿐이므로 현재가 좀 불만족스럽더라도 행복했던 과거만 바라보며 현재를 외면하면 안 된다는 의미를 전달합니다. 밤의 나라에는 수천 수만 마리의 파랑새가 있었지만 틸틸과 미틸이 잡아온 파랑새는 나중에 죽어 버립니다. 이건 어떤 의미일까요? 밤에 자면서 꾸는 꿈속에서 우리는 행복을 느낄 때가 있습니다. 어떨 때는 그 꿈이 영원히 깨지 않기를 바라기도 합니다. 하지만 아침이 오면 꿈을 꿈일 뿐, 현실에서는 그 힘을 발휘하지 못합니다. 이 이야기는 헛된 꿈을 꾸기보다 현실을 충실하게 살아가야 한다는 의미를 전달합니다. 마지막으로 틸틸과 미틸은 여행을 마치고 돌아온 자신들의 집에서 파랑새를 발견합니다. 원래는 평범한 산비둘기였지만 어느새 행복을 가져다준다는 파랑새로 변해 있었던 것입니다.

 늘 곁에 있어서 그 소중함을 몰랐던 새가 어떻게 행복의 상징으로 바뀌었을까요? 우리가 늘 만나는 가족, 늘 만나는 친구, 매일 반복되는 일상은 전혀 특별할 것이 없습니다. 그러나 큰 사고가 생겨 가족을 잃게 되었다고 생각해 보세요. 갑자기 이사를 가게 되어 친구들과 멀어지는 경우도 생각해 보세요. 큰병이 나서 밥도 제대로 못 먹고 학교도 못 다니게 된다면 또 어떨까요? 지금 평범하게 만나서 함께 웃고 하는 일상이 감사하게 느껴질 거예요. 산비둘기가 파랑새로 변한 것이 아니라, 그 새를 바라보는 틸틸과 미틸의 관점이 달라진 것입니다. 이 이야기는 결국 '행복이란 무엇인가'를 바라보는 관점이 어떠해야 한다는 것을 알려 주고 있는 작품입니다.

+ 감상 더하기

• 파랑새와 상징

 소설이나 시와 같은 문학 작품에는 '상징'이라는 표현 기법이 많이 사용됩니다. 상징은 추상적인 사물이나 관념 또는 사상을 구체적인 사물로 나타내는 일입니다. 반대로 상징으로 표현된 구체적인 사물을 보면 우리는 어떤 추상적인 사물이나 관념이 떠오르게 되지요. '비둘기'라는 말을 들으면 '평화'가 떠오르고 '네잎클로버'라는 말을 들으면 '행운'이 떠오르는 것이 바로 상징입니다. 이 작품에 나오는 '파랑새'는 '행복'을 상징하며, 그토록 찾아다니던 파랑새가 자기 집에서 기르던 새임을 깨닫는 장면은 '행복은 가까운 곳에 있다.'라는 생각을 상징합니다. 마지막에 파랑새가 날아가 버리는 장면은 또 무엇을 상징할까요? 자유롭게 상상하며 작품을 읽으면 재미가 한층 더해질 거예요.

• 파랑새 증후군

 이 작품에서 유래된 심리학 용어로 '파랑새 증후군'이라는 말이 있습니다. 파랑새 증후군은 자신의 현실에 만족하지 못한 채 미래의 막연한 행복만을 꿈꾸는 증상을 말합니다. 예를 들어 직장인이 현재의 직장에 만족하지 못하고 더 나은 삶을 꿈꾸며 직장을 옮겼다고 생각해 봅시다. 새 직장에서도 만족하지 못할 때, 또 다른 직장으로 옮기면 인생이 행복해질 거라고 믿고 괴로워합니다. 이렇게 계속되는 불만족감의 악순환에 빠지게 되는 경우가 있습니다. 일상의 작은 행복을 찾으려 노력하지 않고, 어딘가에 나의 진정한 행복이 있을 거라며 막연하게 현실을 외면하는 사람들에게 '행복의 파랑새는 우리 옆에 있다.'라는 『파랑새』의 교훈이 필요하겠습니다.

엮어 읽기

『연금술사』 ● 파울로 코엘료

『연금술사』의 주인공 양치기 산티아고는 바다 건너편의 보물을 찾아 떠납니다. 산티아고는 여행을 하면서 많은 일을 겪고 인생의 진리를 깨닫게 됩니다. 여러분이 읽은 작품 『파랑새』와 마찬가지로, 사실 보물은 원래 산티아고가 살던 곳에 묻혀 있었습니다. 틸틸과 미틸이 겪은 모험과 산티아고가 겪은 모험을 비교하며 이 작품을 읽어 봅시다.

내 이름은 백석

국어 교과서가 선택한 소설 읽기

04

　여러분은 이름 말고 불리는 별명이 있나요? 별명은 어릴 때 많이 불리지요. 그 시절 별명은 외양이나 성격을 빗댄 표현도 있지만 이름을 재미있게 변형한 별명들이 흔했어요. 별명을 갖고 있다는 것은 다른 사람들의 관심을 받는 것이기도 하지만, 자칫하면 놀림거리가 되기도 한다는 것을 의미합니다.

　이 작품 속 주인공은 유명한 시인과 같은 이름이에요. 그리고 주인공의 아버지는 불리기에 곤란한 별명을 가지고 있어요. 두 사람의 이름과 별명에 얽힌 가슴 찡한 이야기가 궁금하시다면 다음 책장을 넘겨 볼까요?

유은실

내 이름은 백석

앞부분 줄거리

　내 이름은 백석. 아빠는 시장에서 '대거리 닭집'을 한다. '큰거리 시장'에 있는 닭집이다. 큰대(大) 자로 바꾸면 유식해 보일 것 같아서 그렇게 지었다는데, 우습게도 아빠 별명만 '닭대가리'가 되었다. 2학년이 되고 나서 왜 내 이름을 '백석'이라고 지었냐고 물었더니, 성인 '백'은 글자가 복잡해 이름 쓰느라 고생할 것 같아서 한 글자로 이름을 지었단다. 이대로 학교에서 발표했더니 웃음거리가 되었다. 그런데 4학년이 되어 만난 선생님은 내 이름이 '천재 시인 백석하고 이름이 똑같다.'고 말해 주었다. 이 사실을 아빠 가게에 들러 말해 주었는데, 아빠는 시인 백석을 모르는 게 분명했다. 선생님이 백석 시인의 시를 읽게 할 거라는 이야기를 해 주자, 아빠는 책방에서 백석 시인의 시집을 사 오라고 했다. 아빠와 나는 가게 평상에 앉아 표지에 있는 백석 사진을 가만히 들여다보았다.

　나는 시인 백석이 맘에 들었다. 머리 모양이 좀 촌스럽긴 하지만 얼굴이 멋졌다.
　"이야, 분단에 묻혀진…… 세계적인 천재 시인 백석, 나와 나타샤와 흰 당나귀. 야, 그냥 천재도 아니고 세계적인 천재란다."
　아빠는 시집을 손으로 쓰다듬었다. 아빠는 바지에 물기를 한 번 더 닦고 책장을 하나하나 조심스럽게 넘겼다.

"가난한 내가, 아름다운 나타샤를 사랑해서, 오늘밤은 푹푹 눈이 나린다……. 나린다? 내린다, 아닌가?"

아빠가 고개를 갸우뚱했다.

"아빠 맞아, 눈을 '내린다'야."

"무슨 천재 시인이 '내린다'도 모르냐."

"혹시 책이 잘못된 거 아닐까?"

"그래, 그런가 보다. 그럼 '내린다'로 바꿔서. 자, 아빠 따라 해 봐. 가난한 내가."

"가난한 내가."

"아름다운 나타샤를 사랑해서."

"아름다운 나타샤를 사랑해서."

"오늘밤은 푹푹 눈이 나린다. 아니 내린다."

"오늘밤은 푹푹 눈이 내린다……. 아빠, 근데 이게 무슨 뜻이야?"

아빠는 『나와 나타샤와 흰 당나귀』를 얼굴 가까이 끌어당겼다. 하도 가까이 당겨서 세계적인 천재 시인 백석 사진이 아빠 얼굴을 가려 버렸다.

"아……."

아빠가 평상 위에 책을 툭 내려놓으면서 말했다.

"그러니까…… 가난한 내가 아름다운 나타샤를 사랑해서……. 음, 그러니까 세계적인 천재 시인 백석이 나타샤……. 음, 그러니까 미국 여자를 좋아한 거야. 백석이 나타샤랑 결혼을 하려고 하는데, 돈은 없고, 세계적인 천재지만 돈이 없었나 봐. 거기다 할아버지들

은 미국 여자랑 결혼을 못 하게 하거든. 집에서 나타샤랑 결혼을 반대하니까 슬픈 거지."
"아니지, 나타샤는 미국 여자가 아니지."
닭은 튀기던 엄마가 끼어들었다.
"그럼, 어느 나라 여잔데?"
"소련 여자 같은데?"
"아냐, 미국 여자야."
"미국 여자 아니라니까! 애한테 틀리게 가르쳐 주면 어떡해!"
"그럼, 소련 여자는 맞아?"
나타샤 때문에 엄마 아빠는 말다툼을 시작했다.
"왜들 그래?"
건너편 건어물집 아저씨가 뒷짐을 지고 가게로 들어왔다.
"형님 잘 왔네. 나타샤가 미국 여자야, 소련 여자야?"
아빠가 건어물집 아저씨한테 물었다.
"나타샤? 나타샤는 러시아 여자 이름인데."
"거봐. 소련 여자가 아니고 러시아 여자라잖아!"
아빠가 어깨를 쭉 펴고 엄마한테 큰소리를 쳤다.
그러자 갑자기 건어물집 아저씨가 웃기 시작했다.
"아이고, 이 사람아. 소련이 러시아잖아. 러시아로 이름 바꾼 지 한참 됐어. 그러게 닭이나 치지, 왜 나타샤를 찾아. 어이, 닭대가리."
건어물집 아저씨는 아빠를 툭툭 치며 계속 "어이, 닭대가리." 했다. 하지만 아빠는 "꼬끼오." 하고 대답하지 않았다. 아빠 얼굴은 발갛게 달아올랐다.

아빠는 냉장실에서 닭을 꺼내다가 도마 가득 쌓아 놓고 툭툭 잘라 내기 시작했다. 엄마는 달걀 손님을 받으러 슬그머니 문밖으로 나가고, 건어물집 아저씨도 슬그머니 나갔다.

나는 가만히 아빠의 뒷모습을 보았다. 아빠가 칼을 높이 들었다 내리면 닭은 단번에 두 도막으로 갈라졌다. 아빠는 말없이 닭만 잘랐다.

아빠가 도막 낸 닭이 바구니에 가득 담겼다. 아빠는 칼질을 멈추고 숨을 길게 내쉬었다. 그러고는 뒤를 돌아 가만히 내 얼굴을 들여다보았다. 왠지 아빠 얼굴 보는 게 쑥스러웠다. 나는 슬그머니 고개를 숙였다. 아빠의 장화가 보였다. 장화 위에 떨어진 핏방울이 조르륵 바닥으로 흘러갔다.

"석아."

아빠가 나를 불렀다. 나는 고개를 들었다.

"네."

"집에 들어가서, 그 책에서 제일 짧은 시 외워. 나타샤는 외우지 마. '내린다'가 맞는지 '나린다'가 맞는지…… 아빠는 잘 모르겠으니까."

"네."

"그리고 석아, 약속 하나 하자."

"뭘요?"

"나중에 아빠처럼 닭을 자르고 살아도 말이지……. 나라 이름이 바뀔 때는 잘 알아 둬."

"네."

"그리고…… 똑똑한 친구를 한 명은 꼭 사귀어라. 아빠는 '나린다'가 맞는지 '내린다'가 맞는지 물어볼 친구가 한 명도 없다. 내 친구들은 죄다 무식해서 말이지……."

아빠 목소리는 조금 떨렸다.

"그리고 말이다. 나중에 니 자식 이름을 지을 때는 혹시 똑같은 이름을 가진 유명한 사람이 있나 잘 알아봐. 백석이 세계적인 천재 시인이어서 정말 다행이다. 잘 모르긴 하지만……. 나타샤는 좋은 시 같다."

아빠 목소리는 점점 더 떨렸다. 내 고개는 다시 아래로 떨어졌다. 나는 터벅터벅 가게를 나섰다. 엄마가 통닭 한 쪽을 주었지만 고개를 저었다.

"석아. 백석!"

아빠가 갑자기 큰 소리로 나를 불렀다. 나는 고개를 돌렸다.

"이거 봐. 여기 이 닭 보이지? 이렇게 목이 길게 달려 있는 게 신선한 거야. 닭은 내장보다 목이 먼저 상해. 그래서 외국에서 들어오는 건 다 목이 짧아. 목을 달고 들어오면 옮기다 썩을 수 있으니까. 아빠는 언제나 목 달려 있는 닭만 팔아. 아빠는 닭을 잘 알아. 닭은 언제나 목이 길게 달려 있는 게 맞는 거야."

아빠는 두 손에 닭을 하나씩 잡고, 닭 모가지를 손아귀에 쥐고 흔들었다.

아빠 입은 무거운 닭 바구니를 들 때처럼 꽉 물려 있었지만, 모가지를 잡힌 닭들은 날아갈 듯 가뿐해 보였다. 고개를 치켜들고, 팔을 번쩍 들어 올린 아빠는 정말 컸다. 우리 대거리 닭집은 닭 모가지를 깃대처럼 쥐고 흔드는 우리 아빠로 가득 찼다.

  나는 그 순간 천재 시인 백석의 시집을 흔들며 환하게 웃어야 한다는 생각이 들었다. 하지만 내 입도 내 손도 말을 듣지 않았다. 나는 그저 입을 다문 채 백석 시집을 손에 땀이 나도록 쥐고 있을 뿐이었다.

유은실 (1974~)

모자라고 뒤처진 사람들의 이야기에 대한 애정이나 아직 어린 친구들의 시선으로 바라보는 현실의 모습을 경쾌하면서도 감동적으로 담아낸 동화를 창작합니다. 지은 책으로는 『만국기 소년』 등이 있으며, 『우리 집에 온 마고 할미』, 『멀쩡한 이유정』 등을 냈습니다.

1 내용 파악으로 사건 이해하기

아래의 질문에 O, X로 답을 표시하며, 작품의 주요 사건을 정리해 봅시다.

① '나'는 2학년 때 자신의 이름이 '백석'이 된 까닭을 말한다.

② 아버지의 별명은 '닭대가리'이고 '나'는 이 별명을 좋아한다.

③ 아빠의 별명이 '닭대가리'인 것은 가게 이름 때문이다.

④ 4학년 때, '백석'이라는 이름이 천재 시인임을 선생님을 통해 알게 된다.

⑤ 아빠는 '나'의 걱정을 덜어 주기 위해 백석의 '나와 나타샤와 흰당나귀'라는 시를 함께 낭송한다.

⑥ 아빠는 소련과 러시아를 구별하지 못해 건어물 가게 아저씨로부터 도움을 받아 고마워한다.

2 갈등 상황으로 인물 이해하기

말과 행동을 참고하여 '아빠'의 성격을 적어 봅시다.

> 시장 아저씨들이 아빠를 '닭대가리'라고 놀려도 아빠는 "꼬끼오."라고 대답하며 벙긋 웃는다.

> " '백' 자는 얼마나 복잡하냐? 니가 이름 쓰느라고 고생할 일을 생각하니까 두 글자 이름을 지을 수가 없더라. 성을 바꿔 줄 수도 없고. 이름이라도

쉽게 쓰라고 한 글자로 지은 거야."

"그리고…… 똑똑한 친구를 한 명은 꼭 사귀어라. 아빠는 '나린다'가 맞는지 '내린다'가 맞는지 물어볼 친구가 한 명도 없다. 내 친구들은 죄다 무식해서 말이지……."
아빠 목소리는 조금 떨렸다.

"이거 봐. 여기 이 닭 보이지? 이렇게 목이 길게 달려 있는 게 신선한 거야. 닭은 내장보다 목이 먼저 상해. 그래서 외국에서 들어오는 건 다 목이 짧아. 목을 달고 들어오면 옮기다 썩을 수 있으니까. 아빠는 언제나 목이 달려 있는 닭만 팔아. 아빠는 닭을 잘 알아. 닭은 언제나 목이 길게 달려 있는 게 맞는 거야."

3 **다른 작품과 비교하여 깊게** 이해하기
아래의 가사는 자식이 성장하면서 '아버지'에 대한 생각이 바뀌었음을 고백하는 내용입니다. 이와 비슷한 경험이 있다면, 그 경험이 무엇인지, 그 경험으로 '아버지'에 대한 생각이 어떻게 바뀌었는지도 말하여 봅시다.

아주 오래전, 내가 올려다본 그의 어깨는 까마득한 산처럼 높았다.
그는 젊고, 정열이 있었고, 야심에 불타고 있었다.
나에게 그는 세상에서 가장 강한 사람이었다.
〈중략〉
저기 걸어가는 사람을 보라, 나의 아버지, 혹은 당신의 아버지인가?
가족에게 소외받고, 돈 벌어 오는 자의 비애와,
거대한 짐승의 시체처럼 껍질만 남은 권위의 이름을 짊어지고 비틀거린다.
집 안 어느 곳에서도 지금 그가 앉아 쉴 자리는 없다.
〈후략〉

[출처] 아버지와 나 (신해철.next)

아버지의 이름으로

"내 이름은 백석이다. 우리 아빠가 지어 줬다. 아빠는 시장에서 닭집을 한다. 별명은 '닭대가리'다."

이 소설의 첫 문장입니다. 이 문장에서 알 수 있듯이 나의 이름을 지어 주고, 우스운 별명을 가진 아빠가 주인공입니다. 아버지는 4학년 초등학교 아이의 시선으로 그려지는데, 아버지의 모습에서 독자들은 유쾌한 재미와 가슴을 먹먹하게 하는 감동을 느낄 수 있어요.

작품 속 아버지는 닭을 파는 가게의 주인이지요. 칼을 들고 큰 손으로 거침없이 정확하게 닭을 손질하는 모습 때문에 무뚝뚝하고 무서울 것 같지만 그렇지 않아요. 아버지의 별명부터가 '닭대가리'잖아요. 보통 지식이 부족한 사람을 낮잡아 가리킬 때 쓰는 말이지요. 멀쩡하다 못해 누구보다 장사를 잘하는 아버지를 '닭대가리'로 부를 수 있는 것은 아버지가 순하고 착한 어른이기 때문이에요. 주변 이웃들이 웃을 수 있다면 그렇게 불리는 것쯤은 웃어 넘길 수 있는 대범한 분인 거죠.

아버지는 아들의 말에 귀를 기울일 줄 알아요. 아이의 학교생활에 대해 성실하게 들어 줍니다. 시인 백석이 누구인지도 모르고, 소련과 러시아가 같은 나라인 것을 몰라도, 아들의 고민을 해결해 주기 위해 적극적으로 나서는 자상한 인물입니다. 아들의 고민을 듣고 만 원짜리 한 장과 통닭을 손에 들려 책을 살 수 있도록 해 주잖아요. 또 아들이 이름을 쓰기 힘들까 봐 두 글자의 이름인 '백석'으로 지은 것으로도 자상한 마음을 확인할 수 있어요.

또 아버지는 자신의 일에 대해서는 최고의 전문가입니다. 좋은 닭이 어떤 닭인지 삶의 경험을 통해 쌓은 지식으로 구별할 줄 압니다. 뿐만 아니라 좋은 닭만을 소비자에게 파는 양심적인 사람이기도 하고요. 많이 배우지는 못했지만 자신의 삶에 자부심을 가지고 있습니다. 이처럼 열심히 살며 자식을 키우고 부모께 효도하는 것은 정말 어려운 일이에요.

아들인 '백석'은 아버지를 잠시 부끄러워합니다. 하지만 아버지의 진면목을 확인하면서, 진짜 어른과 진짜 지식이 무엇인지를 깨닫지 않았을까요? 오늘도 아들 '백석'은 아버지로 인해 성장하는 중입니다.

+ 감상 더하기

- **어른**

  '어른'이라고 하면 경험도 많고, 지식도 많고, 다른 사람의 감정도 잘 살펴서 배려할 줄 아는 사람이라고 흔히 생각해요. 그래서 어린 친구들에게 '어른'은 키 차이보다 더 큰 존재로 여겨집니다. 하지만 실제로는 모든 어른이 '진짜 어른'은 아니에요. 이 작품에서도 '진짜 어른'이 되지 못한 사람이 나옵니다. 그 사람은 어설프고 얕은 지식으로 백석의 아버지를 '닭대가리'라고 놀리면서 웃는 건어물 가게 아저씨입니다. '진짜 어른'은 자신을 낮춰서 웃음을 주는 품이 넓은 '백석'의 아버지입니다. 세상에는 진짜 어른이 되지 못한 사람들이 많아요. 자기 생각만이 옳다고 말하는 사람, 남에게 피해를 주면서 자신만의 이익을 탐하는 사람 등 말이지요.

- **진짜 이름 찾기**

  『논어』에서 공자는 '이름을 바로 잡는 것'을 정명(正名)이라 하며, 자신이 정치를 한다면 이를 제일 먼저 하겠다고 했어요. 그 사람에 걸맞는 이름(또는 단어)을 찾아 주는 것이 매우 중요하다는 말씀입니다. 겉으로는 어른이지만 행동이 어른이 아니라면 어른이라는 호칭이 어울리지 않겠죠. 작품 속 주인공인 아버지는 '닭대라기'라는 '또다른 이름(별명)'으로 불리죠. 소설을 읽다 보면 '닭대가리'라는 별명이 주인공의 실제 모습을 보여 주지 못한다는 것을 알 수 있어요. 주인공은 누구보다 자신의 일에 지혜롭고, 가족 부양이라는 책임을 다하고, 자식에게 자상한 사람입니다. 주인공이야말로 '아버지'라는 단어에 걸맞는 사람입니다.

엮어 읽기

「자전거 도둑」 ● 김소진

이 작품에도 나이 어린 소년과 아버지의 이야기가 나옵니다. 「내 이름은 백석」의 아버지가 자상하고 책임감 있는 아버지라면, 「자전거 도둑」에서의 아버지는 무책임하고 폭력적인 사람입니다. 세상에는 다양한 아버지가 있어요. 이 소설을 통해 아버지의 또 다른 의미를 생각해 볼 수 있어요.

오후 4시, 달고나

국어 교과서가 선택한 소설 읽기

05

　간식의 종류가 많지 않았던 1970~80년대, 초등학교 앞의 길거리에서 달고나의 인기는 대단했지요. 세월이 흘러 추억의 간식으로만 명맥을 이어오다가 다시 전국민의 관심을 받게 되었는데요. 이 소설에는 학교를 파하고 오후 4시에 달고나를 만드는 소녀가 등장합니다. 이 달고나의 주요 고객은 할아버지입니다. 소녀가 할아버지를 주려고 달고나를 만드는 것은 아닌데 말이지요. 그렇다면 소녀는 누구에게 주려고 달고나를 만들까요? 달고나를 통해 전하려는 소녀의 마음은 무엇일까요?

이송현

오후 4시, 달고나

"언니, 달 주세요. 보름달."

속도 좋지, 똥을 한껏 싸 놓고 먹을 것을 달라니. 할아버지는 양심도 없다. 엄마는 인상을 찌푸릴 법도 한데 무표정이다. 대신 나를 노려보며 복화술하듯 입을 달싹거리며 경고했다.

"너, 저녁 먹기 전에 할아버지한테 또 달고나 주면 혼날 줄 알아."

나는 벽에 걸린 할아버지의 중절모를 있는 힘껏 노려보았다. 중절모를 베란다 밖으로 던져 버릴까, 잠깐 고민했다. 중절모가 사라지면 할아버지는 작은방에서 한 발자국도 나오지 않을 테니 제법 잔인한 복수가 되겠지.

밥 먹기 전에 안 먹는다고 약속까지 해놓고 할아버지는 날름 달고나를 입에 넣었다. 사실 달고나는 할아버지를 위한 것이 아니었다. 한승규가 달고나를 좋아한다는 정보를 입수하지 않았다면 인터넷 쇼핑으로 달고나 세트를 구입하지 않았을 것이다. 한승규에게 완벽한 하트 모양의 달고나를 만들어 주기 위해 열과 성을 다해 연습하는데 재주는 곰이 부리고 돈은 되놈이 가져간다더니, 딱 내 꼴이다. 달고나 장인의 유명 블로그에 적힌 대로 매번 연습하는데도 달고나 맛은 영 별로다.

"똥이다, 똥. 언니, 똥 만지면 안 돼요."

맨 처음 달고나를 만들었을 때 할아버지가 내게 건넨 말이다. 충격이 컸다. 내가 똥손인 건 알았지만 가족 이름도 기억 못 하는 할아버지한테 똥이나 만들었다는 평가를 받다니! 수차례 연습한 끝에 모양은 이제 그럴싸하지만 맛이 관건인데 이 상태로 한승규 앞에 내놓는다는 건 불가능이다.

오후 4시, 학교에서 돌아오자마자 학원 가기 전에 짬을 내서 연습하는 건데 정성을 봐서라도 하늘은 내게 손맛이란 걸 내려 줄 때도 되지 않았나? 베이킹소다 양 조절이 아무래도 실패인 것 같았다. 그래도 사람은 희망의 끈을 놓아서는 안 된다고, 어느 책에서 봤던 것 같은데……. 달고나 장인이 되기까지의 갈 길이 얼마나 먼지 짐작할 수 없지만 똥에서 달이, 보름달로 업그레이드되었으니 오늘은 썩소라도 지어 봐야 하는 건가?

"이서율, 너 빨리 화장실 들어가서 청소해. 얼른!"

"왜, 내가 싼 똥도 아닌데!"

엄마가 내 입을 틀어막으며 머리를 들이박을 기세다. 그러더니 내 등을 화장실로 떠밀었다.

"진짜 이럴 거야, 할아버지 앞에서. 좋은 말로 할 때 들어."

할아버지는 속옷이나 바지에 실수를 하는 일은 절대 없으면서 매번 변기에 똥을 묻히곤 했다. 이쯤 되면 날 물 먹이는 건가 싶은 의구심도 든다. 그리고 변기통은 늘 내 자치다. 할아버지한테 한바탕 퍼부으려는 찰나 카톡이 왔다.

> 연락할게.

 한승규였다. 연락한단다. 이건 단체 톡이 아닌 나에게만 보낸 개인 톡이다. 심장이 톡 알람처럼 경쾌하게 뛴다.
 "이서율, 얼른 화장실 안 들어가?"
 "들어가지, 내가. 지금 들어간다, 엄마!"
 나는 고무장갑을 끼고 콧노래를 부르며 세제를 세숫대야에 풀었다. 까짓것 똥 냄새가 대수랴! 무슨 수를 써서든 봉사 활동 가기 전까지 한승규가 좋아하는, 완벽한 맛의 달고나를 만들어 가야지.

 "할아버지, 모자 쓰세요. 밥 먹으러 나가야죠."
 방문을 열자 내 예상이 딱 맞았다. 창가에 붙어서 노을 지는 광경을 바라보고 있는 할아버지가 눈에 들어왔다. 온종일 할아버지는 작은방에서 새장 속의 새처럼 창밖만 바라보았다. 해가 져야만 아빠가 집으로 돌아오니까.
 "할아버지, 밥 아줌마가 식사하러 나오시래요."
 한껏 움츠러든 어깨를 하고는 내 눈치를 보는 할아버지 모습에 살짝 짜증이 났다. 잠옷 차림에 중절모를 쓴 할아버지 모습은 우스꽝스럽기 짝이 없다. 할아버지는 중절모를 차분히 고쳐 썼다. 저쯤 되면 집착이다. 할아버지는 치매에 걸리고부터 유달리 중절모랑 한 몸이 되었다. 중절모는 십여 년 전에 할아버지와 마지막으로 함께 간 여행 때 아빠가 사 드린 것이었다.

"나…… 돈 없어요."

"나도 알거든요. 엄청 맛있는 갈치조림 했어요."

나는 방을 나왔다. 물론 문을 닫지 않았다. 그래야 갈치조림 냄새가 방으로 풍겨서 할아버지가 나올 테니까. 뒤를 돌아보지 않아도 할아버지가 중절모를 만지작거리며 엄청 고민하고 있을 걸 나는 다 안다. 나는 속으로 숫자를 센다.

'하나, 두울, 셋.'

식탁 의자에 엉덩이를 내려놓자마자 할아버지가 부엌에 나타났다. 할아버지한테 엄마는 막내며느리가 아니라 밥집 아줌마다.

"할아버지, 어서 오세요. 식기 전에 맛있게 드세요."

엄마는 연기를 전공하지도 않았는데 우리 집에 할아버지가 오고 난 후 연기 실력이 나날이 늘고 있다.

"아줌마, 나 돈 없어요."

엄마가 권하는 자리에 앉으며 할아버지가 중절모를 벗었다. 할아버지가 모자를 벗었다는 것은 밥을 먹고 싶다는 뜻이다. 매번 같은 상황인데 미안해하는 기색이 역력했다.

"괜찮아요, 어르신. 이따가 아드님이 퇴근하고 밥값 준다고 전화 왔어요."

"그래요? 아줌마, 내가 꼭 밥값 주라고 할게요."

"네, 어르신이 이따가 꼭 말해 주세요. 갈치조림 드시고 싶다고 하셨다면서요? 다음부터 드시고 싶으신 것 있으면 저한테 말해 주세요."

"내가…… 아줌마한테 미안해서 그래요. 이렇게 매일 나한테 따뜻한 밥 해 주는데."

나는 이 코미디 같은 상황을 처음에는 어떻게 받아들여야 할지 몰랐다. 하지만 한 달이 지나자 그러려니 한다. 갈치 가운데 토막의 살점이 두툼하니 맛있어 보였다. 젓가락으로 살점을 집으려는데 엄마가 눈치를 줬다. 할아버지 먼저라는 무언의 압력에 나는 슬그머니 젓가락 방향을 돌렸다.

"아줌마, 우리 이태한도 갈치조림 좋아해요. 이거 나 안 먹고 우리 이태한 주고 싶은데……."

할아버지가 갈치조림 양념만 찍어 먹으며 말했다. 엄마는 그런 할아버지를 짠한 눈으로 보더니 할아버지 밥공기에 갈치 토막을 통째로 올려놓았다.

"어이구머니나! 이렇게 큰 걸."

할아버지의 외침을 깨끗이 무시하고 엄마가 웃었다.

"어르신, 이태한 씨는 매일 잘 먹고 다니니까 걱정하지 마시고 많이 드세요."

할아버지가 우리 집에 온 이유는 우리 집에 빈방 여유가 있다는 것이었다. 24평, 우리 집보다 큰 평수에 사는 큰아버지, 작은아버지가 할 소리는 아니었다. 게다가 우리 집은 자식이 나 하나라서 식비도 크게 들지 않느냐는 궤변까지 늘어놓았다. 말도 안 되는 이유들은 치매에 걸린 할아버지를 맡기 싫은 큰아버지와 작은아버지의 핑계에 불과하다.

어른들 일이라 모른 척하고 있지만 막내며느리인 엄마 입장에서는 불공평한 처사가 아닐 수 없다. 난색을 표했던 엄마가 할아버지를 집으로 모시기로 한 데에는 결정적인 한 방이 있었다. 그 한 방이 엄마의 심장을 꾸욱 눌러, 잊고 있던 엄마의 감성을 스위치 온 했기 때문이다.

"미안해요, 아줌마. 우리 태한이가 엄마가 없어서…… 배가 많이 고파요. 내가 우리 태한이 옆에 있어 줘야 해요."

앞뒤 문맥도 맞지 않는 그 말 한마디에 엄마는 할아버지의 짐 가방을 챙겨 들었다. 외할아버지를 일찍 잃은 엄마와 돌 지나고 나서 엄마를 잃은 아빠 사이에 내가 읽어 낼 수 없는 마음이 저장되어 있는 듯했다.

날이 갈수록 모든 기억을 잃어 가면서도 어떻게 할아버지는 이태한이란 존재 하나만 손에 붙들고 놓지 않는 건지 모르겠다. 어떤 시련이 닥쳐도 내 첫사랑 한승규를 놓지 않으려는 내 마음과 같은 걸까?

할아버지는 아빠가 집에 없으면 절대 작은방 밖으로 나오지 않는다. 그나마 식사 때만 미안해하며 방 밖으로 나온다. 나는 한승규에게 톡을 보냈다.

> 연락한다며? 죽었냐?

너무 보채는 느낌을 주지 않으려고 뒤에 농담처럼 덧붙였다. 보내 놓고 살짝 후회가 되었지만 별수 없었다. 온 신경이 핸드폰에 쏠려서 괜히 소파에서 멀리 떨어진 장식장에 핸드폰을 두었다. 현관문 비밀번호 누르는 소리가 들리자 작은방 문이 열린다. 몸도, 정신도 온전치 않은 일흔일곱의 할아버지에게 현관문 비밀번호 누르는 소리만은 엄청 크게 들리나 보다.

"아버지, 다녀왔습니다."

현관에서 신발을 벗기도 전에 방문이 벌컥 열리고 할아버지가 나왔다. 할아버지가 오고부터 아빠의 퇴근 풍경은 완전히 달라졌다. 각자 하던 일을 하며 "왔어요?" 했던 엄마나 나와 달리, 할아버지는 아빠의 퇴근을 온몸으로 환영했다.

"우리 이태한이!"

할아버지는 앙상한 몸으로 배가 나온 아빠를 꼭 끌어안았다. 할아버지가 아빠를 얼마나 기다렸는지는 중절모를 쓰지 않고 방 밖으로 나온 것을 보며 알 수 있다. 할아버지는 작은방에서 나올 때면 잊지 않고 중절모를 챙겨 썼다.

한승규를 처음 봤을 때, 한승규는 운동장에서 야구를 하고 있었다. 베이지색 야구 모자를 쓴 모습이 무척이나 잘 어울렸다. 투수였는데 공 던지는 폼이 예술이었다. 스트라이크로 상대 타자를 잡고 나서 모자를 살짝 들어 올리는 모습에 반했다. 모자가 살짝 들릴 때마다 웃는 얼굴이 꼭 나를 향해서 미소짓는 것 같았기 때문이었다.

"태한아, 빨리 아줌마한테 밥값 줘라."

할아버지는 아빠의 손을 끌었다. 아빠는 옷을 갈아입기도 전에 등 떠밀려 엄마 앞에 섰다. 솔직히 이때가 제일 웃기긴 한다. 연기에 능숙한 엄마와 달리 아빠 얼굴은 벌겋게 변해 가니까.

"어르신이 오늘 갈치조림 백반을 맛있게 드셨어요."

엄마는 밥집 한 번 안 해 봤으면서 밥집 사장 흉내를 제법 잘 냈다. 할아버지가 우리 집에 와서 좋은 점이 있다면 인스턴트 식품을 서슴지 않고 내놓던 엄마가 제대로 된 요리를 하기 시작했다는 정도다.

"태한아, 아주머니한테 얼마냐고 물어봐야지."

할아버지가 어린아이 타이르듯 아빠한테 점잖게 한마디 했다. 아빠는 매번 하는 일인에도 영 적응이 안 되는 모양이었다. 그래도 주머니에서 지갑을 꺼내며 엄마에게 예의상 물었다. 콧구멍이 씰룩대는 것을 보니 아빠는 이 상황이 못마땅한 모양이다. 할아버지 앞에서 처음 밥값을 치렀을 때가 트라우마처럼 남았을 거다. 엄마가 돈을 돌려주는 줄 알았는데 싹 무시하고 엄마 지갑에 넣고는 그만이었기 때문이었다.

"아주머니, 밥값 얼맙니까?"

"만 원입니다, 사장님."

"뭐? 야, 한선화! 집에 있는 밥 차리면서 무슨 만 원씩이냐 받냐?"

손을 내밀고 있던 엄마에게 할아버지가 허리 굽혀 사과했다. 그런 할아버지 모습에 아빠는 황당하다는 표정이었고 엄마는 당당하게 할아버지의 사과를 받았다.

"아줌마, 미안해요. 내가 우리 태한이한테 잘 말할게요. 내가 너무 비싼 걸 먹어서 그래요."

"아니에요, 어르신. 절대 비싼 거 아니거든요. 아드님이 밥값 주실 거니까 걱정 마세요."

나는 이 연극의 끝을 안다. 아빠는 투덜거리며 엄마 손에 만 원을 주었다. 그제야 다행이라는 듯 할아버지의 얼굴에 미소가 번졌다. 할아버지 마음을 이용해서 밥값을 버는 엄마랑 매번 당하는 아빠를 구경하는 게 처음에는 재미있었지만 이제는 별로다. 맨 처음부터 엄마가 밥값을 받았던 것은 아니었다. 괜찮다고 외상값을 적겠다고 하자, 할아버지가 "나는 우리 태한이 그리 안 키웠소! 외상이라니!" 하고 호통쳤다. 엄마는 그때 할아버지가 제정신으로 돌아온 줄 알았다고 했다.

"태한아, 내가 너무 비싼 거 먹었지?"

"아니에요, 아버지. 하나도 안 비싸요. 저 아줌마가 강도예요, 날강도."

아빠의 말에 엄마가 눈을 흘겼다. 그러자 할아버지가 아빠를 점잖게 타일렀다.

"그럼 못써. 좋은 아주머니야. 반찬 솜씨도 좋고."

엄마는 할아버지를 향해 엄지손가락을 추켜세웠다. 옛날에 아빠랑 엄마가 결혼하기 전, 엄마 음식을 맛보고는 결혼을 허락했다고 한다.

"이런 음식을 만들 수 있는 사람이라면 진짜 널 사랑하는 사람인 게다. 정성을 다해야 이런 맛을 낼 수 있을 테니."

엄마의 음식 맛은 변하지 않았다. 엄마는 한결같은 마음으로 아빠를 사랑하나 보다. 비록 아빠가 강도라고 불러도 말이다. 그건 그렇고 한승규는 나한테 문자 한다고 해 놓고는 왜 아무 소식이 없을까? 연애를 시작한 친구들이 사랑은 밀당의 연속이고 자존심 싸움이라고 하지만, 나는 밀당이고 자존심 같은 건 나 몰라라 하고 싶은 심정이다. 나는 장식장 근처를 서성이다 카톡을 확인했다. 한승규는 여전히 내 톡을 읽지 않은 상태였다. 괜히 서운하고 울컥한 마음에 코끝이 찡했다.

 오늘 급식은 비빔밥이다. 왜 비빔밥에 부추를 넣는지 이해할 수가 없다. 콩나물, 당근, 오이, 고기볶음, 호박, 시금치가 딱 적당하다. 시금치가 있는데 굳이 부추를 넣는 의도를 모르겠다.
 "이서율, 부추 안 먹을 거면 나 줘."
 규리가 방긋대며 제 숟가락을 내밀었다. 나는 규리의 숟가락에 부추를 얹었다. 키가 작고 귀여운 규리는 편식하지 않았다. 규리보다 키가 한 뼘이나 더 큰 내가 편식 대장이었다.
 "이서율, 너 부추 싫어해? 이리 줘, 내가 먹을게."
 한승규다. 한승규가 규리의 숟가락을 뺏더니 한입에 부추를 씹어 먹었다. 나도 모르게 인상이 찌푸려졌지만 한승규는 멋졌다. 요즘 얘가 수상하다. 그냥 남자 사람 친구에서 이탈하려고 하는 것만 같다. 내 주위를 뱅글뱅글 맴돌지 않나, 체육 시간에 기구를 대신 들어 주질 않나, 지난주에는 화장실 청소까지 도와줬다. 오늘은 내가 싫어하는 부추까지 먹어 줬다. 이건 암시다, 한승규가 나를, 나를…….
 "너, 어제 왜 연락 안 했어?"
 최대한 무심한 척, 지나가는 말투로 물었지만 내 속은 난리법석이었다. 언제 한승규한테 톡이 올지 몰라서 새벽까지 잠을 설쳤다.
 규리가 한승규와 나를 놀란 눈으로 바라보았다. 내 말에 한승규

얼굴이 새빨개졌다. 귀까지 빨개지는 모습이 새로웠다. 한승규 입가에 붙은 초록 부추가 싱그러워 보였다. 하마터면 손을 뻗어 한승규 입가에 붙은 부추를 뜯어 먹을 뻔했다.

"앗, 미안. 봉사 활동 알아보느라고. 이서율, 봉사 활동 어디서 할 건지 정했냐?"

"뭔 소리? 네가 기다리라며?"

"그래서 내가 다 세팅했지. 당장 이번 주말부터 할 수 있지?"

"어딘데?"

어디냐고 묻기는 했지만 한승규와 함께라면 어디든 못 갈까. 중3이 할 수 있는 봉사 활동이란 게 대충 예상 가능했다. 묵묵히 밥을 먹고 있는 규리한테 한승규가 물었다.

"최규리, 봉사 활동 아직 안 정했으면 서율이랑 같이해. 셋이 갈 수 있어. 행복마을에 있는 요양 병원인데 힘든 일은 내가 다 할게."

한승규의 새로운 면을 봤다. 우리 둘만 가자니 쑥스러웠나? 내 생각과 달리 부끄러움이 많은가 보다. 게다가 내 친구까지 챙겨 주다니! 적잖이 감동이다. 밥을 남겼는데도 배가 불렀다.

"규리야, 같이 가자. 우리 셋이 하면 봉사 활동도 지겹지 않을 거야."

머뭇거리는 규리를 향해 한승규가 고개를 끄덕였다. 나는 그런 한승규가 괜스레 자랑스러웠다. 입가를 비집고 나오는 웃음기를 감출 수가 없어서 억지 재채기를 연거푸 했다.

남은 봉사 활동 20시간이 아쉬웠다. 20시간이 지나기 전에 한승규가 나한테 고백하려나? 오늘은 기필코 최고의 달고나를 만들고 말 테다! 머릿속 가득 달고나의 황금 비율을 가늠하기 시작했다. 달고나 고수 블로그를 봤더니 달고나의 쌉싸름한 맛을 없애는 관건은 베이킹소다 양을 잘 조절해야 한다는 설명이 있었다. 적절한 양의 베이킹소다를 넣었을 때 달고나 덩어리 색깔은 연베이지 빛깔에 가까웠다. 오늘은 달고나를 제대로 완성해 볼 수 있을 것 같은 예감이 들었다.

설탕과 베이킹소다의 비율은 한승규를 사랑하는 내 마음과 나를 배려하는 한승규의 마음을 적절하게 섞는 것만큼 쉽지 않은 일이었다. 어느 한쪽이라도 지나치거나 모자라면 달고나는 쓴맛이 나니까.

뭐가 잘못돼도 한참 잘못됐다. 셋이 같이 왔으면 일도 같이 시켜야지, 나만 따로 떨어져서 급식 도우미를 맡았다. 한승규와 규리는 어르신들 산책 도우미로 뽑혔다. 도대체 어떤 기준으로 역할 분담을 나누는지 이해할 수가 없다. 혹시나 해서 간밤에 이불을 뒤집어쓰고 한승규랑 딱 붙어서 봉사하게 해 달라고 하느님, 부처님, 심지어 알라신한테도 빌었다. 기도의 대가가 이런 시련이라니!

"서율아, 내가…… 바꿔 줄까?"

규리가 미안한 얼굴로 제안했지만 나는 쿨한 척 "에이, 원칙대로 해야지. 괜찮아." 했다. 괜한 짓이었다. 진짜 쿨하지도 못하면서 한승규가 날 보고 있다는 것 때문에 엄청 쿨한 척했다. 그래도 나름 한승규한테 멋진 이미지를 보여 준 것 같아서 마음이 조금 가벼웠다.

"오오, 원리 원칙을 따르는 이서율!"

한승규는 내 대답을 듣고 규리한테 윙크까지 했다. 조리실로 발길을 돌리는 내 등을 툭툭, 두드려 주기도 했다.

사랑요양병원 조리실은 우리 학교 급식실과 크게 다르지 않았다. 문제는 조리실과 하나로 이어진 급식실 주위로 창밖이 훤히 보인다는 것! 창밖의 오솔길이 어르신들의 산책로였다. 나는 영양사 아줌마가 건넨 펑퍼짐한 조리복과 장화, 장갑, 위생모를 썼다. 안 그래도 통통한 내 몸을 더욱 동그랗게 만드는 패션이었다. 거울에 비춰 본 내 모습을 흡사 유부초밥 같았다.

오늘의 점심 메뉴는 콩국수와 메밀전병이다. 가게에서 파는 콩국물을 사면 될 것을 봉사자들은 하루 종일 콩 껍질을 까고 씻고 삶느라 야단이었다. 땀이 위생복 사이를 비집고 흘렀다. 한승규한테 잘 보이려고 새벽부터 비비크림을 정성껏 발랐는데 땀 때문에 물광피부는 흔적도 없이 사라졌다. 콩을 씻다가 허리가 아파서 등을 펴고 일어섰다. 하필이면 창밖에 있는 한승규랑 눈이 마주쳤다.

'아이씨, 얼굴이 엉망일 텐데.'

내 속도 모르고 한승규가 내게 손인사를 했다. 나는 반가운 척 손을 흔들었다. 규리와 한승규는 할아버지 한 분을 나란히 부축했다. 한승규가 부축하는 할아버지가 나였으면 좋겠다. 뭐가 그리 즐거운지 한승규와 규리는 할아버지 손을 잡고 떠들고 웃어 댔다. 갑자기 아랫배가 싸하게 아파 왔다. 배가 꼬인 듯 통증이 점점 심해졌다. 배 속의 창자가 꼬이면 꼬일수록 창밖으로 함박웃음을 짓는 한승규의 표정이 점점 더 환해졌다. 그리고 그 시선 끝자락에 함께 웃고 있는 규리의 얼굴이 걸렸다.

"그냥 함께 웃는 거야, 아무것도 아니라고."

아픈 배를 손으로 살살 문지르며 주문을 외듯 중얼거렸다. 할아버지를 부축하던 규리가 휘청거리자, 눈 깜짝할 사이에 한승규가 규리를 붙잡았다. 규리의 팔을 꼭 잡은 한승규의 손……. 한승규는 한참 동안 규리를 잡고서 놓지 않았다. 나도 모르게 꽉 움켜쥔 주먹 탓에 손바닥에 손톱자국이 톱날처럼 새겨졌다. 아팠다.

'뭐가 이렇게 많아? 누가 이 콩을 다 먹는다고!'
 순간 콩이 가득한 바구니를 뒤집고 싶었으나 나는 차오르는 화를 누르며 흐르는 물에 콩 바구니를 힘차게 흔들었다. 콩 껍질이 물에 흘러 하수구로 빨려 나갔다.

전생에 나는 수라간 무수리였나? 국자를 쥔 손에 힘이 잔뜩 들어갔다. 밥이라도 한승규랑 같이 먹을 줄 알았는데 배식이 끝난 다음에 점심을 먹으란다. 그 말을 들을 때 나는 영양사 아줌마를 힘껏 노려봤다. 그런데 내 눈은 생긴 모양새가 화가 나도 웃는 것처럼 보이는 게 문제다. 눈썹이고, 눈꼬리고 곡선으로 휘어져 있어서 눈에 힘을 줘 봐야 소용없었다.

"이서율, 힘들지? 그래도 더운데 너라도 실내에서 일하니 다행이다. 그치, 최규리?"

한승규의 말을 듣고 울컥했다. 하도 규리랑 얼굴을 맞대고 웃기에 잠깐 '혹시 쟤가?' 하고 의심했다. 의심은 불안증을 낳고 불안증은 마음을 병들게 하고 나 스스로를 지치게 만든다. 같이 봉사 활동을 한다고 좋아했던 게 무색할 만큼 사랑요양병원에서 같이한 일이 무엇인가 생각해 보면 아무것도 없었다. 내 머릿속에 남은 건 산책로를 나란히 걷는 한승규와 규리의 웃는 얼굴이 눈부셨다는 것뿐이었다.

"이서율 학생처럼 의젓하고 착한 학생은 처음이네."

학원 때문에 먼저 간다는 한승규의 톡을 물끄러미 보고 있는 내게 봉사 온 어른들이 칭찬을 아끼지 않았다. 내 기분은 그야말로 완전히 똥이었다. 머리가 어지러웠다. 얼굴도, 마음도, 엉망으로 찌그러지기 시작했다. 사방팔방에서 지독한 냄새가 나를 꽁꽁 싸매는 기분이었다.

"서율아, 너 한승규랑 중2 때부터 친했었어?"

반나절 봉사 활동을 함께했다고 규리는 한승규에게 관심이 부쩍 많아진 것 같았다. 다른 때였다면 규리 말이 반가웠을지도 모른다. 내 단짝이 내가 좋아하는 애에 대해 궁금해하는 것은 내 사랑을 응원하는 사람이 있다는 것이니까. 하지만 나는 내가 몰랐던 낯선 규리를 보는 것 같아서 당혹스러웠다.

"너, 그거 아니? 승규, 규 자가 내 규 자랑 한자가 똑같아. 헤아릴 규 자를 쓴대. 놀랍지?"

나는 묵묵히 바닥만 보고 걸었다.

'그렇게 떠들지 말고 내 마음을 헤아릴 생각이나 하시지.'

한승규와 웃으며 시간을 보냈을 규리가 점점 미워지려고 했다. 나는 가방에 넣어 온 달고나를 이제야 꺼냈다. 주인에게 가지 못한 달고나가 진득하게 녹아 비닐 포장에 눌어붙어 있었다. 나는 툭, 달고나를 반으로 잘랐다. 아주 잠깐 규리에게 나눠 주지 말까 생각하기도 했다. 달고나를 받아 입안에 넣은 규리가 우물거리며 물었다.

"서율아, 너 한승규한테 관심 없어? 그냥 절친인 거야?"

"그게 왜 궁금해? 딱 보면 알잖아."

나의 역습에 규리는 당황했는지 눈을 깜짝거렸다. 이 순간만큼 나는 거짓말쟁이였다. 나 자신도 한승규의 마음을 모르는데 규리한테 딱 보면 알지 않냐고 우격다짐하다니!

"달고나 맛 어때, 규리야?"

침을 꼴깍 삼키는 규리를 빤히 바라보았다. 목으로 침을 꿀꺽 삼키는 모습이, 마치 무언가 비밀을 몰래 삼키는 것처럼 느껴졌다. 반들거리는 규리의 입술이 천천히 열렸다. 그리고 내 귓가에 또렷하게 박히는 한마디.

"서율아, 네 달고나 정말 달고 맛있어."

나는 내 손에 있는 달고나 반쪽을 입에 넣고 우적우적 씹었다. 횡단보도 앞에서 나는 빨간 신호등을 뚫어져라 노려보았다. 내 달고나는 결코 달고 맛있지 않았다. 기분 나쁠 정도의 달큰함 끝에 쓴맛이 입안 가득 차지했다.

할아버지가 똥을 쌌다. 냄새가 지독했다. 이런 법이 없었는데 할아버지가 실수를 했나 보다. 거실 창이며 부엌 창까지 집 안의 창문들이 활짝 열려 있었다.

"서율아, 화장실로 가서 청소 좀 해."

엄마는 내가 집에 들어서자마자 말했다. 주말에만 옷가게 아르바이트를 하는 엄마는 연신 벽시계를 보았다. 아무래도 아르바이트 시간에 늦은 모양이다.

"봉사하고 오느라 힘들어 죽겠는데 나한테 꼭 그래야겠어?"

타이밍이 거지 같았다. 나는 속상한 마음을 참지 못하고 괜한 엄마한테 성질을 부렸다. 엄마는 할아버지 눈치를 슬쩍 보더니 나를 향해 이를 드러냈다.

"조용히 하고 얼른 화장실로 가."

엄마는 할아버지 손을 잡고 새 옷을 갈아입으시라고 설득했다. 하지만 할아버지는 먼 산을 보며 딴소리다. 아빠랑 소풍을 가고 싶다는 거였다.

"아줌마, 우리 이태한한테 전화 좀 해 주세요. 빨리 집에 와서 나랑 놀러 가자고."

하긴 할아버지는 우리 집에 온 이후 제대로 된 외출을 한 적이 없었다. 중절모를 만지작거리는 손놀림이 점점 빨라지더니 급기야 할아버지는 울먹였다.

"아휴, 미치겠네. 이 남자는 왜 또 전화를 안 받아?"

엄마는 휴대폰을 붙들고 초조한 기색이었다. 주말이고 공휴일도 없이 일하는 자동차 딜러인 아빠가 엄마 전화를 받았던 적이 몇 번이나 될까.

"엄마, 걱정 말고 알바 가. 내가 다 알아서 할게."

평소라면 네가 뭘 알아서 하냐고 면박했을 텐데 급하긴 급했나 보다. 엄마가 소파에 던져 놨던 가방을 움켜쥐더니 부탁한다며 뒤도 안 돌아보고 나갔다.

나는 작은방 문지방에 서서 할아버지를 바라보았다. 주홍빛 노을이 주름 사이사이에 파고들었다. 쓸쓸하단 생각이 들었다. 나는 한승규 때문에 나조차도 알 수 없는 수많은 감정을 쌓아 가는데 할아버지는 수십 년 동안 차곡차곡 쌓아 놓은 기억들을 잃고 있었다.

"할아버지, 마음도 쓸쓸한데 우리 마트나 갈래요?"

할아버지는 대답이 없었다. 중절모 끝자락을 만지작거릴 뿐.

"소풍 가요. 달이 만들어 줄게요."

나는 돈이 없다고 중얼거리는 할아버지 머리에 중절모를 슬그머니 얹었다. 매번 달고나를 얻어먹고도 돈 낼 생각조차 안 했으면서 새삼스레 별소리다. 나는 그저 어깨를 으쓱해 보이며 할아버지에게 빨리 가자며 손짓했다.

베이킹소다를 집어 들었다. 마트의 설탕 코너를 몇 번이나 서성거렸다. 설탕도 다 떨어진 것 같아서 설탕을 고르는데 기왕이면 건강을 생각해서 황설탕을 골랐다. 엄마가 봤다면 달고나 자체가 건강과 거리가 먼데 무슨 쓸데없는 짓이냐고 했을 것이다. 건강과 다이어트에 좋다는 자일로스 설탕에 눈이 갔지만 나는 질끈 눈을 감았다.

"할아버지, 우리 아이스크림 하나씩 먹을까?"

돈 없다고 할 줄 알았는데 대답 대신 할아버지가 냉장고 앞으로 갔다. 여러 종류의 아이스크림 앞에서 할아버지는 잠깐 당황한 눈치였다. 나는 그런 할아버지가 작은 소년처럼 느껴졌다. 소년이었을 때의 할아버지도 첫사랑을 했겠지? 나는 팥 아이스크림 하나를 골라 들었다.

"내가 쏘는 거야, 할아버지. 이거 이태한 씨가 제일 좋아하는 맛."

이태한 씨가 좋아한다는 말에 할아버지 눈매가 부드러운 곡선을 그렸다. 할아버지는 군말 없이 팥 아이스크림을 받아들었다. 우리는 아이스크림을 입에 물고 공원을 가로지르는 산책로를 택했다. 걸음을 옮길 때마다 다리에 스치는 비닐봉지 소리가 듣기 좋았다.

"할아버지 내가 만든 보름달이 어때? 할아버지는 돈도 안 내고 먹으면서 평가 한 번 안 하더라?"

"언니 나 돈 없어요."

"그러니까 돈 대신 내 달고나 실력이 어떻냐고? 냉정하고 말해 봐요."

"언니 달이는……."

내 눈치를 보더니 할아버지가 입을 달싹거렸다. 아이스크림이 녹아 할아버지 구두코에 뚝뚝 떨어졌다.

"제대로 말 안 하면 앞으로 달이 안 만들어 줄 거야. 할아버지, 그래도 좋아요?"

"음, 언니. 언니 달이는 아주 단데…… 써…… 써요."

'엥? 달달한데 써? 그건 도대체 어느 나라 맛이냐?'

누군가에게 묻고 싶었다. 달달한데 쓴맛이라니! 어처구니없어서 헛웃음이 나왔다.

"할아버지, 아주 달달한데 쓴맛은 없……."

내가 알지 못한다고 해서 무조건 단정 짓는 행동만큼이나 바보 같은 일이 또 있을까. 그리고 난 이미, 봉사 활동 날에 그 맛을 알아 버렸다.

한승규리.

반 아이들이 칠판에 두 사람의 이름을 하나로 묶어 장난칠 때만 해도 나는 재미있다고 웃을 수 있었다. 그런데 지금은 아니다. 이 세상에 달달하고 쓴맛은, 존재한다.

"이서율!"

한승규였다. 사거리 코너를 돌아가려는데 한승규가 잠깐 이야기 할 수 있냐고 제법 심각한 얼굴로 물었다. 할아버지는 내 곁에 찰싹 달라붙었다. 우리 할아버지란 말에 한승규가 예의 바르게 인사를 드렸다. 우리는 근처 편의점으로 향했다. 할아버지는 옆 테이블에 앉혀 두고 내 시야에서 벗어나지 않을 딱, 그만큼의 거리에서 나는 한승규와 이야기를 나눴다.

"하고 싶다는 말이 뭔데?"

순간, 규리가 했던 말이 떠올랐다. 자신의 규와 승규의 규 자가 똑같다는 말.

"나 좀 밀어주라, 서율아."

"뭐…… 뭘?"

"나, 최규리한테 관심 있어. 규리, 네 친구잖아. 네가 말 좀 잘 해 줘, 응?"

한승규가 나를 보고 웃었다. 멋쩍은 웃음이었다. 내 두 눈을 힘껏 찌르고 싶었다. 하지만 나는 내 눈의 고통마저 이기지 못하는 나약한 인간이었다. 한승규가 진심을 담아 고백하고 있었다. 내가 한승규를 하루이틀 알고 지냈나. 나를 향해 웃는 저 얼굴…… 저 미소는 그동안 나에게 보여 줬던 미소랑 질적으로 달랐다. 완벽하게 나는 이 애의 첫사랑이 될 수 없음을 드러내는 미소였다.

'아, 그렇게 웃지 말란 말이야!'

아무리 악을 써 본들 가슴 안에서 맴도는 나의 바람은 한승규의 귀에 닿지 못한다.

"첫사랑이야."

최규리가 자신의 첫사랑이라고 똑똑히 밝히는 한승규를 보며 화나고 실망하고 속상하고 슬프고 그러다가 아무렇지 않은 척 내 마음을 위장하고 싶은 허세를 부리고 싶었다. 내가 만약 스무 살이었다면, 서른이었다면, 내 첫사랑이 실패로 돌아갔어도 의연할 수 있을까.

"이서율, 응? 도와주라. 부탁한다."

나는 묵묵히 발길을 돌렸다. 아직 한참이나 남은 아이스크림은 쓰레기통에 던져 버렸다. 그런 나를 보더니 할아버지도 한 입이면 다 먹을 양의 아이스크림을 쓰레기통에 밀어 넣었다. 집으로 빨리 가야 하는데 발길이 떨어지지 않았다. 한승규는 제 할 말을 하고 사라진 지 한참이나 되었는데, 나만 제자리다.

"할아버지…… 나는 내가 너무 싫어."

밑도 끝도 없는 말이었다. 그런데 가만 있다간 눈물이 날 것 같았다. 마음속에서 나도 통제하지 못할, 이름조차 달아 주지 못할 감정들이 소용돌이쳤다.

"왜요, 언니?"

"태어나서 처음 좋아한 애한테 사랑 받지 못하는 내가…… 나는 좋아하는 마음을 걔한테 아직 보여 주지도 못했는데……. 정말 내가 싫어."

"나쁜 말이에요."

나는 두 눈을 부릅떴다. 그리고 내 사랑이 실패하는 것을 똑바로 보기로 결심했다. 그래야 포기가 빠를 테니까. 눈물이 나올까 봐 겁이 났다. 얼굴이 일그러질 정도로 눈에 힘을 줬다. 미간이 종잇조각처럼 구겨졌다. 그래봤자 또 눈이 스마일로 안 처지면 다행이지.

"아프면 울어도 돼요. 이태한이, 우리 아들이 아프면 참지 말고 울어도 된대요."

다른 사람은 몰라도 할아버지 앞에서는 절대로 울지 않을 거다. 당신 나이도 헷갈려 하는 사람 앞에서 울다니, 왠지 양심도 없는 애처럼 느껴졌다.

할아버지가 내 손을 잡아끌었다. 아이스크림이 녹은 탓에 손이

끈적거렸다. 집으로 돌아가는 길은 후텁지근했다. 몸은 점점 늘어지고 보폭은 점점 짧아졌다.

한승규리는 되는데 한승규와 나, 이서율 사이는 어떻게 해도 이어질 수 없는 것이다. 좋아해 달라고 떼를 쓴 것도 아니고 그냥 내가 좋아하는 동안, 내가 아닌 그 누구도 좋아하지 않는 상태로 있으면 안 되는 것일까? 너무 이기적인 욕심 탓에 나는 벌을 받고 있는 건가?

횡단보도만 건너면 우리 아파트 단지다. 할아버지가 내 앞을 가로막았다. 천진난만한 얼굴로 환하게 웃고 있었다. 내 가슴엔 커다란 구멍이 뚫려 버렸는데 할아버지는 이토록 시원하게 웃고 있다니! 얄미워지려고 한다. 나에게 부탁한다던 한승규의 웃는 모습이 떠올라 더욱 속상했다. 내 마음 따위는 이해받지 못하고 외면당했다고 생각하니, 심장이 조각나는 기분이었다.

"할아버지, 그만 웃어. 안 그러면 달이 안 만들어 줄 거야."

신호가 바뀌고 나는 성큼 도로를 향해 발을 뻗었다. 신호를 무시하고 횡단보도를 쌩하니 지나쳐 가는 자동차에 놀랄 법도 한데 내 심장은 더한 충격을 받은 터라 꿈쩍도 않는다.

할아버지가 내 눈치를 보며 슬금슬금 따라왔다. 내 뒤를 졸졸 따라왔는데 어느새 은근슬쩍 내 옆에 나란히 걷는다. 일부러 부동산 옆 지름길을 놔두고 문구점을 에둘러 가는 길을 택했다. 달큰한 냄새가 풍겼다. 달고나 아저씨가 나와 있었다. 초등학생으로 보이는 아이들 서너 명이 쪼그리고 앉아 달고나 만드는 과정을 구경하고 있었다.

'그래, 맞아. 이서율, 넌 단 것 별로 좋아하지 않았잖아.'

사랑에 빠진 동안 나는 나를 잊고 있었다. 난 단것보다는 언제나 짭조름한 것을 입에 넣었다. 과자로 초콜릿을 바른 것보다 짭조름한 치즈맛이나 감자칩이 좋았다. 그렇게 짠맛을 선호하더니 눈물 짤 일만 생긴 것인가? 내가 짭짤한 것을 좋아한다는 건 내 인생의 암시였나? 조만간 내가 돕지 않아도 한승규는 제 스스로 규리에게 좋아한다고 고백할 것이다. 숨을 못 쉬겠다.

달고나 아저씨가 문구점 앞에 나타났을 때, 한승규가 달고나 마니아라는 정보를 입수했을 때, 나는 저 달고나 향기가 세상 그 어떤 냄새보다 좋았다. 그리고 한승규가 좋아하는 것을 내 손을 직접 만들어 주고 싶었다. 그 마음은 곱고 예뻤다고 믿는다. 지금도 그 마음만은 가짜가 아니었다고, 그 마음만은 함부로 생각하지 않기로 다짐했다.

세수를 하고 옷을 갈아입고 부엌으로 가기 전에 작은방으로 향했다. 할아버지는 또 창문에 딱 붙어서 하늘을 올려다보고 있었다. 아빠를 기다리는 시간이었다.

"할아버지 달이 만들 거야."

할아버지가 천천히 나를 돌아봤다. 나는 '이번이 마지막이야.'라는 말은 하지 않았다. 할아버지는 잠옷 차림에 중절모를 쓰고 내 뒤를 따라 방에서 나왔다.

식탁 앞에 허리를 꼿꼿이 세우고 앉은 할아버지는 전처럼 콧노래를 흥얼거리지 않았다. 국자를 손에 들고 나도 더 이상 할아버지 콧노래 소리에 맞춰 설탕을 나무젓가락으로 휘젓지 않았다. 그저 묵묵히 습관적으로 나무젓가락을 움직였다. 문제의 베이킹소다 양을 아주 조심스럽게 젓가락 끝에 콕 찍었을 뿐이었다. 국자 안에서 달고나 덩어리가 서서히 제 빛깔을 드러낼 즈음, 아주 오래전 익숙하게 들렸던 목소리가 내 마음을 쓸어 주었다.

"너는 좋은 애야."

치매를 앓기 전, 할아버지 목소리 같았다. 그래서 나는 국자를 휘젓던 손을 멈추고 할아버지를 흘끔 쳐다봤다.

"아뇨. 나는 내가 세상에서 제일 미워. 싫어."

"그러지 마요. 너는 좋은 애야."

"왜? 한승규는 딴 애가 좋다는데?"

내 가슴속에 단단히 동여맬 비밀을 툭, 할아버지 앞에 털어놓고 말았다. 할아버지는 한승규가 누군지도 모르면서 내 말에 또박또박 대답해 주었다.

"넌 밥 아줌마 딸이니까. 좋은 애야. 아주 좋은 애."

그래, 나는 좋은 애로 살기로 했다. 첫사랑이 실패로 끝났다고 인생이 끝난 건 아니니까. 열심히 잘 살다 보면 다음 사랑도 다가오지 않을까?

타지 않게 국자 안을 젓가락으로 잘 휘저었다. 이제 베이킹소다 양을 잘 조절하면 끝이다. 사랑의 마음과 슬픔과 원망과 질투도 함께 휘휘 저었다. 잘 섞여서 달콤해지라고. 마지막이니 이제는 제대로 된 맛을 내는 법을 알려 줘도 괜찮지 않냐고. 제법 괜찮은 냄새가 풍겼다. 다 된 달고나 덩어리를 쟁반 위에 탁, 떨구었다. 지금까지는 성공이었다. 그 여느 때보다 연한 베이지색 덩어리가 먹음직스러웠다. 할아버지가 내 곁에 서서 달고나가 만들어지는 국자를 들여다본다.

"언니는 이름이 뭐예요?"

이제 나는 할아버지의 언니 소리에도 짜증을 내지 않게 되었다.

"내 이름은 이서율."

"이서율, 참 예쁜 이름이네."

예쁜 것이 당연했다. 할아버지가 지어 준 이름이니까. 나는 할아버지에게 모양 틀을 고르게 했다. 매번 별 모양을 고르던 할아버지에게 안 된다고 억지로 하트 모양의 틀만 선택하게 했던 내 모습이 떠올랐다. 나는 별 모양 틀을 손에 집어 들었다. 그러자 할아버지가 고개를 가로저었다.

"저거요, 사랑 모양."

하트가 제대로 찍혔다. 달고나 덩어리에 너무 깊지도 얕지도 않게.

나는 완성한 달고나를 나무젓가락에 꽂아 할아버지 손에 건넸다. 반말로 대화한다지만 할아버지는 할아버지다. 찬물에도 위아래가 있지, 달고나도 할아버지가 먼저다. 할아버지가 달고나를 수줍게 받아들였다. 돈 없어도 괜찮다는 눈짓을 했다. 할아버지는 달고나를 한 입 빨아 먹더니 나를 보고 속삭였다. 주름진 입술이 달달한 빛으로 물들었다.

우리는 달고나를 함께 깨물었다. 나는 울었고 할아버지는 웃었다. 기묘한 일이었다. 첫사랑을 잃은 내가 우는 것은 당연했다. 그러나 더한 것을, 모든 기억을 깡그리 잊어버린 할아버지가 저토록 환하게 웃는 것은 반칙이었다. 크게 잃었다면 더 크게 울어야 맞는 것이 아닐까?

"내 이름은 이관웅이에요. 우리 아들은 이태한."

시계가 오후 4시를 가리키고 있었다. 다음에 달고나를 만들 때면 내가 아는 이관웅 할아버지에 대해 이야기해 줘야겠다. 이관웅 할아버지가 다섯 살 때 나를 얼마나 많이 업어 줬는지, 연 날리는 방법을 어떻게 가르쳐 줬는지, 그리고 첫사랑에 실패한 내 마음을 어떻게 위로해 줬는지를 말이다.

이송현

이송현 작가는 '수영을 잘하고 싶어서 개구리가 되고 싶었으나 양친이 사피엔스였던 탓에 인간으로 살아야 했던 작가'라고, 자신을 소개한 적이 있습니다. TV 시트콤 작가를 하다가 아동·청소년 문학으로 눈을 돌려 많은 동화를 발표했으며 사계절문학상, 마해송 문학상 등을 수상했습니다. 현재 동화, 동시, 청소년 소설을 쓰고 있으며, 대학에서 아동·청소년 문학을 가르치고 있습니다.

활동하기

1 인물의 행동으로 내용 파악하기

빈칸에 들어갈 말을 써 넣으며 이 작품의 줄거리를 파악해 봅시다.

❶ 치매에 걸린 할아버지가 변기에 똥을 묻혀 _____.

❷ 좋아하는 승규를 위해 _____ 연습을 함.

❸ 승규, 규리와 함께 _____을 가게 됨.

❹ 요양병원에서 승규와 규리는 _____을 돕고, '나'는 조리실에서 급식 도우미를 함.

❺ 할아버지와 외출하고 오는 길에 승규를 만나 승규가 좋아하는 사람이 누구인지 알고 _____.

❻ 할아버지와 달고나를 만들며 웃으면서 나에게 좋은 말을 해 주는 할아버지에게 _____.

2 소재와 상징 이해하기

이 소설에서 '달고나'는 어떤 의미를 담고 있을까요? 다음 빈칸을 채워 봅시다.

| 달고나의 의미 | • 한승규에게 전하고자 하는 서율이의 (①_____)을 의미한다.
• 서율이와 할아버지를 가깝게 하는 (②_____)이다.
• 달면서도 쓴 '(③_____)'을 의미한다 |

3 <u>내 입장에서 생각하기</u>
다음은 주인공 서율이의 말입니다. 여러분이라면 이렇게 말하는 서율이에게 어떤 위로의 말을 전하고 싶은가요?

> "할아버지…… 나는 내가 너무 싫어."
>
> "태어나서 처음 좋아한 애한데 사랑 받지 못하는 내가…… 나는 좋아하는 마음을 걔한테 아직 보여 주지도 못했는데…… 정말 내가 싫어."
>
> "아뇨. 나는 내가 세상에서 제일 미워. 싫어."

4 <u>주제에 맞게 깊이 생각하기</u>
등장 인물과 비슷한 성장의 경험이 있는지 떠올려 봅시다. 그때의 생각이나 느낌도 함께 적어 보세요.

달고나처럼 달콤쌉쌀한 첫사랑 이야기

황금 비율 달고나를 만들기 위해 학교에서 돌아오자마자 달고나 만드는 연습을 하는 아이. 이 소설의 주인공 이서율입니다. 우리 주위에서 흔히 볼 수 있는 평범한 중학교 3학년 여학생으로, 엄마, 아빠, 할아버지와 함께 살고 있습니다. 알바를 하면서 치매에 걸린 할아버지를 홀로 감당할 수 없는 엄마는 종종 '나'에게 도움을 요청하지요. 서율이는 질색하면서도 할아버지가 저지른 똥 사고의 뒷수습을 하고, 할아버지를 달래서 마트에 데려갈 만큼 성숙한 면도 있습니다.

달고나를 먹는 사람은 할아버지이지만, 만드는 목적은 사랑하는 한승규에게 선물하기 위해서입니다. 그동안은 남자 사람 친구였던 한승규가 은근히 자신의 주위를 맴돌고 봉사 활동을 같이 가자고 했을 때, 서율이의 마음은 요동칩니다. 그런데 알고 보니 승규가 좋아하는 사람은 자신이 아니라 친구 규리였습니다. 승규에게서 규리와 잘 되게 도와달라는 말을 들은 서율이의 심정은 어땠을까요? 서율이는 세상에 달달하고도 쓴맛이 존재한다고 느낍니다.

고백도 하지 못한 채, 짝사랑으로 끝나 버린 첫사랑. 태어나서 처음으로 좋아한 애한테 사랑받지 못한다는 아픔에 서율이는 할아버지에게 '나는 내가 싫어.'라고 말을 합니다. 사리 분별을 못하는 것처럼 보였던 서율이의 할아버지는 그건 나쁜 말이라고, '언니는 좋은 애야.'라고 말해 줍니다.

서율이는 이제 다른 목적으로 달고나를 만들면서 승규에 대한 마음을 접고, 한 단계 성숙해집니다. 이 작은 성장에 할아버지가 한 숟가락

밥을 얹듯, 위로를 얹어 주지요. 비록 치매에 걸린 할아버지이지만 그 위로는 울고 있던 서율이의 마음을 따뜻하게 합니다. 누구나 한 번쯤은 겪었을 첫사랑의 아픔, 혹은 짝사랑의 설렘과 덧없음은 이렇게 홍역을 앓듯 지나갑니다.

+ 감상 더하기

- **달고나의 의미와 역할**

  달고나는 이 소설에서 어떤 역할을 할까요? 주인공 서율이는 자신이 좋아하는 이성 친구가 달고나 마니아라는 것을 알게 된 후 이것을 직접 만들어 주고 싶은 마음에 열심히 달고나 만드는 연습을 했지요. 여기서 달고나는 사랑의 마음을 전하는 매개체의 역할을 합니다. 또한, 치매를 앓고 있는 할아버지와 손녀인 서율이가 서로 교감하게 하는 매개체이기도 합니다. 소설의 마지막은 달고나를 만드는 장면으로 끝나는데, 이 부분에서 손녀와 할아버지는 교감을 넘어 이해가 깊어지며, 그러는 가운데 손녀의 아픔은 치유되지요.

- **아들의 이름만 기억하는 할아버지**

  이 소설은 크게 두 가지 축으로 전개되고 있습니다. 하나는 주인공의 짝사랑 이야기이며 다른 하나는 치매에 걸린 할아버지의 이야기이지요. 작은 방에서 종일 창밖을 바라보며 아들만 기다리는 할아버지. 할아버지는 아들을 제외하고는 가족을 알아보지 못하고 서율이는 언니로, 서율이의 엄마는 밥집 아줌마로 부릅니다. '태한이가 엄마가 없어서 내가 그 옆에 있어 줘야 한다.'는 말에 마음이 움직인 엄마는 막내며느리이면서도 시아버지를 모시기로 했습니다. 주인공이 봉사 활동을 가는 곳이 사랑요양병원인 것도 우연이 아니라 작가의 의도를 담고 있다고 볼 수 있습니다. 치매에 걸린 할아버지일지라도 가족 안에서 서로를 보살피는 존재라는 말을 전하고 싶었던 것이지요.

- **달고도 쓴 첫사랑**

  이 소설은 청소년의 평범한 일상을 재미있게 풀어놓고 있습니다. 그중 누군가를 좋아하는 마음에 관한 것은 빼놓을 수 없지요. 라일락의 잎을 먹어 본 적 있나요? 향기가 매우 달콤한 라일락꽃과 달리 그 잎은 아주 쓴데요. 그래서 그런지 라일락의 꽃말은 '첫사랑'이랍니다. 라일락처럼 달고도 쓴 첫사랑은 이 소설의 주요 소재이면서 주인공을 성장시키는 일대 사건입니다. 한승규를 생각하며 달고나를 만드는 마음은 설레고 달콤했습니다. 그러나 상대의 마음이 나와 같지 않다는 것을 안 순간, 그 배신감은 쓰디쓴 맛으로 자신을 아프게 하지요. 웃는 할아버지 앞에서 우는 서율이의 모습은 슬프게 느껴지기보다는 순수하고 아름답게 느껴집니다. 첫사랑이니까요.

엮어 읽기

『사랑에 빠질 때 나누는 말들』 • 탁경은

나의 단짝 친구가 좋아하는 사람인데 그가 내게 고백을 한다면 어떨까요? 주인공 서현이는 중2 때의 상처로 인해 처음엔 그 고백을 거절합니다. 또, 동아리 소논문 작성을 위해 소년 교도소에 있는 현수와 편지를 주고받으며 또 다른 빛깔의 우정을 키워 가기도 합니다. 모든 이에게 사랑받고 싶어 하는 서현이는 그들의 외적인 평가에 연연하느라 자신을 제대로 알지 못했습니다. 주인공은 사랑과 우정 사이에서 갈등하며, 자신을 찾는 길에 대한 고민을 어떻게 풀어 나갈까요?

프란시스코의 나비

국어 교과서가 선택한 소설 읽기

06

　여러분은 '불법 체류자'라는 말을 들으면 어떤 느낌이 드나요? 불법 체류를 해서라도 돈을 벌어야 하는 사람들의 심정은 어떨까요? 여러분이 그런 이주 노동자의 자녀로 태어나 낯선 땅에서 불안한 생활을 한다면 어떤 기분이 들까요?
　여러분의 학교에도 한국어가 서툰 다문화 가정의 친구가 있나요? 그런 친구들이 자신감을 가지고 학교에 적응하며 다닐 수 있도록 어떻게 도울 수 있을까요?
　영어를 모르는 주인공 프란시스코가 미국의 학교에서 잘 적응할 수 있도록 응원하는 마음으로 소설을 읽어 봅시다.

프란시스코 지메네즈

프란시스코의 나비

> **앞부분 줄거리**
>
> 멕시코에서 살았던 프란시스코의 가족은 돈을 벌기 위해 밤중에 가시철망을 뚫고 미국으로 들어간다. 일꾼들의 텐트가 가득 찬 텐트촌에서 살며 어른들은 목화 따는 일을 하고 프란시스코와 형은 학교를 다니며 어린 동생 트램피타를 돌본다.

껍질을 벗다

"수업 시간에 딴짓했다고 30센티미터나 되는 자로 손목을 맞았어. 그건 절대 못 잊지."

로베르토 형에게 처음 학교에 들어간 해에 어땠냐고 물었더니 형은 그때를 떠올리면 약간 화가 난다는 투로 대꾸했다.

"근데 나더러 어쩌라고? 선생님이 영어로만 가르치는데."

형의 이야기에 나는 내가 맞기라도 한 것처럼 손목을 쓱쓱 문지르며 또 물었다.

"그래서 그럴 때 어떻게 했어, 형?"

"선생님이 나한테 원하는 게 뭔지 항상 눈치로 알아내려고 했지. 그리고 선생님이 다시 자를 들이대지 않으면 아, 내가 생각한 게 맞았구나 했고."

형은 또 생각난 듯 말했다.

"뭔가를 영어로 말하려고 더듬거리거나 그러다가 틀리면, 날 보고 마구 놀려 대는 애들도 있었지."

그리고 한숨을 쉬며 덧붙였다.

"그 1학년 수업을 내가 또 들어야 하다니."

사실 할 수만 있다면 나도 형한테 묻고 싶지 않았지만, 엄마와 아빠를 포함해 가족 중에 학교를 다닌 사람은 형밖에 없어서 어쩔 수가 없었다. 형의 이야기를 들으니 점점 겁이 났다. 나 역시 영어로 말할 줄 모르고, 들어도 무슨 소리인지 모르기는 똑같아서 점점 불안해졌다. 하지만 한편으로는 무척 설레기도 했다.

그때는 1월 말이었고, 우리 가족은 일주일 전에 목화솜을 따던 코코란에서 산타마리아로 돌아온 참이었다. 산타마리아 시내 동쪽으로 16킬로미터 정도 떨어진 곳에 시헤이 딸기 농장이 있었는데, 거기 딸린 노동자촌이 그 당시 우리가 사는 곳이었다.

드디어 처음으로 학교 가는 날이 다가왔다. 형과 나는 평소보다 일찍 일어났다. 나는 엄마가 굿윌 상점에서 사 준 플란넬 체크무늬 셔츠와 멜빵 바지를 입었다. 사실 난 그 바지가 싫었다. 멜빵이 달려 있는 게 좀 부끄러웠다. 옷을 다 입고 마지막으로 모자를 쓰려고 하는데 형이 실내에서 모자를 쓰는 건 예의에 어긋난다며 경고를 했다. 그 말을 듣고 혹시라도 교실에서 깜박하고 모자를 벗지 않는 실수를 하면 어쩌지 싶어서 집에 모자를 두고 갈까 고민했다. 하지만 결국은 그냥 쓰고 가기로 했다. 아빠도 매일 일터에 나갈 때 모자를 쓰니까. 그리고 왠지 모자 없이 학교에 가면 뭔가 덜 갖춰 입은 느낌이 들 것만 같았다.

스쿨버스를 타러 길을 나서며 형과 나는 엄마에게 인사를 했다. 아빠는 이미 당근 잎을 따거나 상추를 솎는 등의 일자리를 구하러 나가고 없었다. 엄마는 트람피타를 돌볼 사람이 없는 데다, 또 다른 아기가 배 속에서 자라고 있었기 때문에 쉬어야 해서 집에 남았다.

스쿨버스가 도착하자 우리는 버스에 올라타 나란히 앉았다. 나는 창가 자리에 앉아서 길가를 따라 끊임없이 심어진 상추와 꽃양배추를 내려다보았다. 2차선 도로를 따라 이어진 이 밭고랑들은 마치 우리를 쫓아 달려오는 거인의 다리처럼 보였다. 스쿨버스는 아이들을 태우기 위해 여러 번 멈추었고 그때마다 버스 안은 조금씩 소란스러워졌다. 어떤 아이들은 아주 목청껏 소리를 질러 대기도 했다. 나는 아이들이 무슨 말을 하는지 알아듣지 못했다. 그래서 점점 머리가 아파 왔다. 형은 아예 두 눈을 감은 채 인상을 찌푸리고 있었다. 나는 형을 귀찮게 하지 않으려고 가만히 있었다. 형도 머리가 아팠을 테니까.

학교에 도착했을 땐 스쿨버스 안이 가득 차 있었다. 운전사 아저씨가 붉은색 벽돌로 지은 건물 앞에 버스를 세우고는 문을 열었다. 아이들이 우르르 쏟아지듯 내렸다. 지난해에 학교를 먼저 다녀 본 형은 나를 데리고 교장실로 앞장서 갔다. 그곳에는 키가 크고, 붉은 머리칼에 짙은 눈썹, 손등에 털이 수북하게 난 심스 교장 선생님이 있었다. 형이 알고 있는 몇 안되는 영어 단어로 동생을 1학년으로 입학시키고 싶다고 말하는 내내 심스 교장 선생님은 형의 말을 차

분하게 들어 주었다.

　이윽고 심스 교장 선생님은 손수 나를 이끌고 내가 공부할 교실로 안내했다. 교실을 보자마자 너무 기분이 좋고 설레었다. 우리 가족이 사는 천막과는 딴판이었다. 바닥은 나무였고 전기가 들어와 환하고 따뜻해서 무척 안락했다.

　심스 교장 선생님은 스칼라피노 선생님에게 나를 소개했다. 스칼라피노 선생님은 빙그레 미소를 지으며 내 이름을 되뇌어 불렀다.

　"프란시스코, 프란시스코."

　그 두 사람의 대화에서 내가 이해할 수 있는 유일한 단어는 내 이름뿐이었다. 그들은 나를 쳐다볼 때마다 계속 내 이름을 불렀다. 이윽고 심스 교장 선생님이 자리를 뜨자 스칼라피노 선생님은 내가 쓸 책상을 가리키며 알려 주었는데, 창가 맨뒷줄에 있는 자리였다. 교실에 아직 다른 아이들이 들어오지 않아 나 혼자였다.

　나는 내 자리에 앉아 나무 책상 위에 손을 올려 쓰다듬어 보았다. 온통 긁힌 자국이 가득하고 잉크 자국으로 거무죽죽했다. 책상 덮개를 열어 보니 그 안에는 책 한 권과 크레용 상자, 노란 자, 두꺼운 연필, 가위가 들어 있었다. 책상 바로 왼쪽에는 창문 아래로 나무 선반이 있었는데, 교실 길이만큼 길고 짙은 색이었다.

　그 나무 선반 위에 놓인 커다란 유리병 안에 애벌레가 들어 있는 게 눈에 들어왔다. 언젠가 농장에서 그와 똑같이 생긴 걸 본 적이 있다는 게 떠올랐다. 애벌레는 연두색 바탕에 검은색 줄무늬가 있었고 소리 없이 아주 느리게 움직이고 있었다. 유리병 안으로 손가락을 집어넣어 애벌레를 막 건드리려는 찰나, 수업 종이 울렸다. 교실 문밖에서 일렬로 서서 기다리던 아이들이 조용히 교실로 들어와 각자 자리에 앉았다. 몇몇 아이들이 나를 쳐다보며 키득거렸다. 당황스럽고 긴장이 되어서 애벌레가 있는 유리병을 향해 휙 눈길을 돌렸다. 그 뒤로 누가 날 볼 때마다 계속 그랬다.

수업이 시작되었다. 나는 무슨 말인지 하나도 알아들을 수 없었다. 스칼라피노 선생님의 설명이 길어지면 길어질수록 나는 점점 더 불안해졌다. 마침내 그날 수업이 끝났을 때는 완전히 녹초가 되고 말 지경이었다. 그도 그럴 것이 무슨 뜻인지 전혀 이해할 수 없는 말을 종일 들어야 했다. 학교에 오기 전만 해도 열심히 집중하고 애쓰면 이해할 수 있을 거라 생각했는데, 막상 해 보니까 전혀 아니었다. 머리만 아팠다. 그날 밤 자려고 누웠을 땐 선생님의 목소리가 머릿속에서 둥둥 울리기까지 했다.

몇 날 며칠을 그렇게 애쓰다, 머리 아프다, 반복하다가 어느 날 문득 좋은 방법이 떠올랐다. 머리가 아파 오면 얼른 다른 생각을 하는 것이다. 이따금 교실 밖으로 날아올라 아빠가 일하는 농장으로 가서 그 앞에 내려앉아 아빠를 깜짝 놀라게 만드는 상상을 했다. 하지만 그렇게 몽상에 잠겨 있는 순간에도 항상 선생님을 쳐다보고 열심히 수업을 듣고 있는 척을 했다. 왜냐하면 아빠가 다른 사람이 말할 때 집중해서 듣지 않는 것은 예의에 어긋나는 일이며, 특히 어른이 하는 말을 들을 때는 더욱 나쁜 행동이라고 했기 때문이다.

스칼라피노 선생님이 그림책을 읽어 줄 때는 그래도 수업을 듣기가 좀 나았다. 앞에 보이는 그림을 가지고 나 혼자 속으로 이야기를 만들 수 있었기 때문이다. 물론, 스페인어로. 선생님은 모든 학생에

게 잘 보이도록 그림책을 잡은 두 손을 머리 위로 번쩍 들고는 교실 안을 이리저리 걸으며 책을 읽었다. 책 안의 그림은 거의 동물이었다. 그렇게라도 그림책을 볼 수 있어서 좋았고 스스로 이야기를 만들어 낼 수도 있었지만, 그래도 사실은 선생님이 읽어 주는 이야기를 이해하고 싶은 마음이 간절했다.

얼마 지나지 않아 우리 반 아이들 가운데 몇 명의 이름을 알게 되었다. 가장 먼저 알게 된 이름은 '커티스'였는데 그 이유는 그 이름을 제일 많이 들어서였다. 커티스는 우리 반에서 키가 가장 컸고 힘도 제일 셌으며 인기도 최고로 많았다. 모든 아이가 커티스와 함께 놀고 싶어 했다. 아이들이 이쪽저쪽 편을 짜서 놀 때면 항상 커티스가 먼저 주장으로 꼽혔다. 반대로 나는 키도 제일 작고 영어도 알아듣지 못해서 항상 꼴찌로 아이들이 끼워 주었다.

스페인어를 조금 할 줄 아는 애들 중에 아서라는 남자애가 있었는데, 나는 그 애랑 노는 게 제일 좋았다. 우리는 쉬는 시간이면 그네를 타며 멕시코 영화배우인 호르헤 네그레테와 페드로 인판테의 흉내를 내면서 놀았다. 영화 속에서 그들은 말을 타며 멕시코 민요인 '코리도'를 불렀는데 우리도 라디오에서 자주 들은 노래였다. 하늘 높이 올라가도록 그네를 힘껏 타고 또 타면서 나는 아서에게 코리도를 불러 주었다.

그러나 스칼라피노 선생님은 내가 아서에게 스페인어로 말하는 걸 들으면 "안 돼!" 하고 소스라쳤다. 그럴 땐 마치 1초에 100번은 되는 듯 좌우로 고개를 부르르 떨었고, 동시에 비 오는 날 자동차 와이퍼처럼 검지를 세워 빠르게 흔들었다.

"영어로, 영어로 말해!"

선생님은 연거푸 강조했다. 그러자 아서는 선생님이 주변에 있을 때면 나를 피하기 시작했다.

그 후로 쉬는 시간에 나는 혼자 유리병 옆에서 애벌레를 보고 있을 때가 많았다. 간혹 애벌레가 푸른 잎과 줄기 사이에 숨어 버려 어디 있는지 찾기 어렵기도 했지만. 매일매일 나는 학교 운동장에 자라는 후추 나무와 사이프러스의 이파리를 따다 애벌레에게 가져다주었다.

그러던 어느 날, 애벌레 바로 앞 책장에서 나비와 애벌레에 관한 사진이 가득한 책을 발견했다. 한 장, 한 장 책장을 넘기며 사진들을 자세히 관찰하고, 손가락으로 애벌레의 통통한 몸과 나비의 화사한 날개, 그리고 이 녀석들의 몸에 있는 수많은 무늬를 살살 만져 보았다. 애벌레가 나비로 바뀐다는 걸 형이 전에 말해 준 적이 있어 알고는 있었지만, 그래도 조금 더 자세히 알고 싶었다. 각각의 사진 아래 커다란 고딕체 글씨로 적힌 영어 글자들은 애벌레와 나비에 대한 설명인 게 분명했다. 나는 사진들을 뚫어지게 보며 그 글자들이 무슨 의미일까 생각했다. 두 눈을 꼭 감았다가 뜨며 글자들을 쳐다보기를 아주 여러 번 반복했지만 결국 아무것도 알아내지 못했다.

학교에서 내가 제일 좋아하는 수업은 미술이었다. 스칼라피노 선생님은 매일 오후 미술 시간에 책을 읽었다. 그러면 반 아이들은 그 내용에 따라 그림을 그렸다. 다만 나는 여전히 선생님이 하는 영어를 알아듣지 못하는 탓에, 뭐든 내가 그리고 싶은 것을 그려도 된다는 허락을 받았다. 나는 모든 종류의 동물을 그렸지만 그중에서도 새와 나비를 가장 많이 그렸다. 그림을 그릴 땐 먼저 연필로 스케치를 한 다음, 크레용 상자에 든 모든 색을 빠짐없이 사용해 색칠을 했다. 스칼라피노 선생님은 내가 그린 그림 가운데 하나를 골라 아이들이 볼 수 있도록 교실 게시판에 압정으로 꽂아 전시해 두었다. 그런데 보름 뒤에 그 그림이 사라져 버렸다. 내 그림이 어디로 갔는지 알고 싶었지만 영어를 몰라 물어보지 못했다.

날씨가 쌀쌀한 어느 목요일 아침이었다. 쉬는 시간에 운동장에 있었는데 외투를 입고 있지 않은 아이는 나뿐이었다. 그때 아마도 심스 교장 선생님이 추위에 떠는 나를 본 모양이다. 왜냐면 바로 그 날, 모든 수업이 끝난 후, 심스 교장 선생님이 나를 교장실로 데려가더니 옷과 인형이 가득한 큼직한 종이 박스 안에서 초록색 외투를 꺼내 주었기 때문이다. 교장 선생님은 외투를 건네며 입어 보라는 손짓을 했다. 옷에서 통밀 비스킷 냄새가 났다. 입어 보니 너무 커서 심스 교장 선생님은 내 몸에 맞게 5센티미터 정도 소매를 접어 주었다. 곧장 외투를 입고 집으로 돌아와 엄마와 아빠에게 내 모습을 보여 주었다. 날 보며 엄마와 아빠가 흐뭇하게 웃었다. 나는 그 외투가 초록색인 데다 내가 싫어하는 멜빵을 안 보이게 가려 줘서 너무 좋았다.

다음 날 금요일 아침, 그렇게 새로 생긴 외투를 입고 운동장에서 수업 시작을 알리는 종소리를 기다리고 있을 때였다. 갑자기 저 멀리서 커티스가 잔뜩 화가 난 황소처럼 나를 향해 달려오는 게 보였다. 커티스는 그대로 나에게 머리를 들이밀며, 양팔을 뻗어 내 등을 꽉 쥐고는, 발길질을 하면서 마구 소리를 질렀다. 도대체 왜 그러는지 영문을 모르겠지만 아무래도 내가 입고 있던 외투 때문인 것 같았다. 커티스가 내가 입은 외투를 움켜쥐더니 벗기려고 했기 때문이다.

눈 깜짝할 새에 우리는 땅바닥을 뒹굴며 레슬링을 하고 있었다. 아이들이 몰려와 우리 주위를 빙글 에워싸기 시작했다.

내 귀에 아이들이 커티스의 이름을 외치며 응원하는 소리가 들렸다. 아무도 내 이름은 외치지 않았다. 내가 이길 수 없는 싸움이란 걸 알았지만 그래도 나는 외투를 빼앗기지 않으려고 있는 힘을 다해 붙잡았다. 커티스가 소매 한쪽을 세게 잡아당기는 바람에 어깻죽지가 와드득 뜯어졌다. 이어서 오른쪽 주머니도 찢겨 나갔다. 바로 그때, 땅바닥에서 뒹구는 우리 머리 위로 스칼라피노 선생님의 얼굴이 나타났다. 선생님은 나를 짓누르고 있던 커티스를 잡아서 떼어 낸 후 내 옷깃을 추스르며 일으켜 세워 주었다. 나는 간신히 울음을 참고 있었다.

교실로 들어오는 길에 아서는 커티스가 잡아 뜯은 그 초록색 외투가 올해 초 커티스가 잃어버렸던 것이라고 알려 주었다. 그리고 선생님이 커티스와 나 모두 벌을 받아야 한다는 말을 했다고 전해 주었다. 우리는 일주일 내내 쉬는 시간마다 의자를 머리 위까지 번

쩍 든 채 무릎을 꿇고 앉아 있어야 하는 벌을 받았다. 초록색 외투는 그날 이후 본 적이 없다. 커티스가 가져갔지만 한 번도 입는 걸 보진 못했다. 싸움이 있던 그날 오후, 나는 너무나 창피해서 스칼라피노 선생님을 쳐다볼 수조차 없었다. 그래서 줄곧 책상 위에 엎드린 채 눈을 감고 아침에 일어난 사건을 곱씹어 보았다. 차라리 그대로 잠들었다가 깨어나면 모든 게 꿈이기를 간절히 바랐다. 선생님이 내 이름을 부르는 소리가 들렸지만 대답하지 않고 그대로 엎드려 있었다. 그러자 선생님이 가까이 다가오는 발소리가 들렸다. 순간 어떻게 해야 할지 몰랐다. 곁에 다가온 선생님이 내 어깨에 손을 얹더니 부드럽게 흔들었다. 여전히 나는 어떻게 해야 할지 몰랐다. 선생님은 내가 움직이지 않자 잠들었다고 생각했는지 조용히 나가

버렸다. 그렇게 나는 쉬는 시간에 홀로 교실에 남겨졌다.

교실 안이 조용해지자 나는 고개를 들고 살며시 눈을 떴다. 창문을 통해 들어온 햇빛에 눈이 부셨다. 그래서 도로 눈을 감아 버렸다. 잠시 째깍째깍 시간이 흐르고 나는 왼쪽 창가로 고개를 돌리며 실눈을 떴다. 여전히 눈이 부셔 손등으로 눈을 비벼야 했다. 언제나처럼 그곳 나무 선반 위에 있는 애벌레를 찾아보았다. 그런데 유리병 안에 있어야 할 애벌레가 보이지 않았다. 어딘가 숨어 있겠지 하고, 손을 뻗어 유리병 안으로 손을 집어넣고 이파리들을 가볍게 흔들어 보았다. 순간 깜짝 놀랄 만한 광경이 눈에 들어왔다. 애벌레가 작은 가지에 대롱대롱 매달린 채, 실을 토해 내며 고치를 만들고 있었던 것이다. 아주 자그마하고, 실뭉치 같은 게, 형이 전에 이야기한 대로였다. 나는 검지로 톡톡 조심스레 고치를 쓰다듬으며 애벌레가 평화롭게 잠드는 모습을 그림으로 그렸다.

그날 모든 수업이 끝나자 스칼라피노 선생님은 편지를 주며 집에 가서 부모님께 전해 드리라고 했다. 엄마와 아빠는 영어를 읽을 줄 몰랐지만, 사실 읽을 필요도 없었다. 부르튼 내 입술과 왼쪽 뺨에 난 상처를 보는 순간 편지를 읽지 않아도 거기 쓰인 글이 무슨 내용일지 알 수 있었으니까. 그날 학교에서 일어난 일을 엄마 아빠에게 이야기했더니 아주 속상해하면서도 내가 불만을 품고 바로 선생님께 대들지 않아 안심하는 듯했다.

그 일이 있고 나서 며칠 동안은 학교에 가는 일도, 스칼라피노 선생님과 눈이 마주치는 일도 전보다 힘들게 느껴졌다. 하지만 시간이 지나자 그날 금요일 아침에 벌어진 사건은 기억 속에서 점점 희미해졌다. 나는 다시 학교생활에 익숙해졌고 새로운 영어 단어도 몇 개 더 알게 되면서 교실에서의 생활도 전보다 조금 더 편해졌다.

그날은 5월 23일 화요일이었다. 며칠만 있으면 학기가 끝나고 방학이었다. 스칼라피노 선생님은 교실에 들어오자마자 내게 깜짝 놀랄 소식이 있다고 했다. 그러더니 바로 교실 안의 아이들을 모두 자리에 앉게 한 뒤에 출석을 부르고는 "다들 주목" 하고 외쳤다. 그 후 선생님이 한 말들을 나는 이해하지 못했지만 단 하나, 파란 리본을 들고 내 이름을 말하는 건 알아들을 수 있었다.

말을 마친 선생님은 얼마 전 교실에서 사라졌던, 내가 그린 나비 그림을 꺼내 모두가 볼 수 있도록 높이 들어 올렸다. 그리고 내 자리로 성큼성큼 걸어와 그 그림과 함께 파란 리본을 내게 내밀었다. 리본에는 금박으로 '1'이라는 숫자가 크게 적혀 있었다. 내가 그린 나비 그림이 대회에서 최우수상을 받은 것이었다. 너무나도 벅차올라서 하마터면 소리를 지를 뻔했다. 반 아이들은 파란 리본을 보려고 모두 목을 길게 빼고 내 책상 위를 쳐다보았다. 커티스도 마찬가지였다.

그날 오후 쉬는 시간, 나는 여느 때처럼 애벌레가 잘 있나 살폈다. 나뭇잎 사이의 고치를 찾기 위해 유리병을 빙글 돌리던, 바로 그때였다. 고치가 막 벌어지고 있었다.

"여기 좀 봐, 여기!"

나는 흥분해서 마구 소리쳤다. 곧 아이들이 벌떼처럼 나무선반 주위로 몰려들었다. 그 광경을 지켜보던 스칼라피노 선생님은 아이들이 모두 볼 수 있도록 유리병을 들어 교실 한가운데 있는 책상 위에 올려놓았다. 그 후 몇 분 동안 우리는 모두 숨죽인 채 서서 나비가 벌어진 고치 밖으로 아주 천천히, 그 모습을 드러내는 걸 지켜보았다.

그날 수업의 끝을 알리는 마지막 종이 울리기 직전, 스칼라피노 선생님은 유리병을 들고는 교실 밖 운동장으로 반 아이들을 이끌고 갔다. 선생님이 유리병을 땅바닥에 내려놓자, 우리는 모두 선생님 곁을 뱅 둘러섰다. 반 아이들이 그렇게 하나가 된 모습은 처음이었다. 스칼라피노 선생님은 나를 부르더니 유리병 뚜껑을 열어 보라고 손짓을 했다. 나는 아이들 사이를 비집고 나가, 땅바닥에 무릎을 꿇고 앉고선, 조심스레 병뚜껑을 열었다. 그러자 마치 마법처럼, 나비가 두 날개를 위로 아래로 날갯짓하면서 공중으로 날아올랐다.

이윽고 수업이 끝나고 운동장 앞에서 스쿨버스를 타기 위해 줄을 서서 기다리고 있을 때였다. 나는 오른손에는 파란 리본을, 왼손에는 그림을 들고 있었다. 잠시 뒤 아서와 커티스가 다가와 내 뒤로 줄을 섰다. 그 아이들도 스쿨버스를 기다려야 했다. 그런데 별안간 커티스가 그림을 다시 보여 줄 수 있냐는 몸짓을 했다. 나는 커티스의 눈앞에다 그림을 펼쳐 보였다.

"커티스가 네 그림이 정말 좋대, 프란시스코."

아서가 스페인어로 내게 전해 주었다.

"너한테 준다는 말을 영어로 뭐라고 해야 해?"

나는 아서에게 물었다.

"잇츠 유얼스."

아서가 알려 주었다.

"잇츠 유얼스!"

나는 그 말을 그대로 따라 하며 커티스에게 그림을 내밀었다.

뒷부분 줄거리

프란시스코 가족은 딸기 수확, 목화 수확, 포도 수확을 하며 돈을 모은다. 수확철이 지나 일거리가 떨어지면 다른 지역으로 이동해서 다른 일을 구하고 그 일이 끝나면 또다시 일자리를 찾아 이사를 한다. 그래서 프란시스코는 학교에서 적응할 때가 되면 전학을 가고 또 적응할 만하면 전학을 가는 일을 되풀이 한다. 프란시스코는 점점 자라면서 친구도 생기고 단어 수첩을 만들며 영어 공부도 하고 아빠와 형을 도와 목화 따는 일을 돕게 된다. 그 사이에 동생 토리토, 루벤, 로라가 태어나고 텐트집에 불이 나기도 하고 주변 사람들이 이민국에 붙잡혀 멕시코로 추방되는 것을 지켜보기도 한다. 소년의 가족들은 여러 농장을 떠돌면서 고비와 시련은 되풀이된다. 그러다 아버지는 허리를 다쳐 일을 못 하게 되고, 가족은 그동안 모은 돈으로 제일 처음 도착했던 산타마리아로 돌아온다. 그러나 그곳에서 이민국 직원에게 발견되어 강제 추방을 당하고 만다.

프란시스코 지메네즈 (1943년 ~)

프란시스코 지메네즈는 멕시코 출생의 교수이자 작가입니다. 프란시스코 지메네즈는 이주 노동자의 자녀로 태어나 돈을 벌면서 힘들게 고등학교를 졸업하였고 장학금을 받고 대학교에 진학하였습니다. 결국 미국 시민이 되었고 산타클라라 대학교에서 현대 언어 문학을 가르치는 교수로 재직하였습니다. 『프란시스코의 나비』는 작가의 어린 시절을 다룬 작품입니다. 작가가 고등학교 이후 성인이 될 때까지의 이야기는 작가의 또 다른 작품인 『돌파』, 『도달』, 『보류』에서 다루어집니다. 그 중 『돌파』는 연극으로 제작되어 이주 노동자들을 위해 공연되기도 하였고 영화로도 만들어졌습니다.

1 내용 파악하기

이 책에 수록된 '껍질을 벗다' 부분의 사건을 정리해 봅시다.

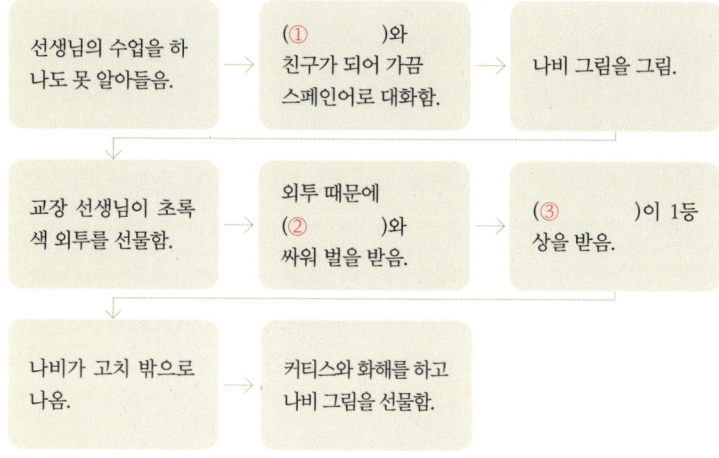

2 작품의 시대 배경 파악하기

다음 대화에서 드러나는 작품 속 사회의 모습은 어떠한지 정리해 봅시다.

> 아빠는 특히 형과 나를 손가락으로 가리키며 경고했다.
> "멕시코에서 태어났다는 말, 누구한테도 하면 안 돼. 아무도 믿지 마, 가장 친한 친구라고 해도 절대로. 진실을 아는 순간 너희를 신고할 거야."
> 나는 이 말을 수도 없이 들어서 외울 지경이었다.
> "자, 프란시스코. 넌 어디에서 태어났지?"
> 아빠가 무서운 얼굴을 하고는 딱딱한 말투로 물었다.
> "캘리포니아 콜튼이요."
> "잘 대답했다, 프란시스코."

3 **인물 이해하기**
이 책에 실리지 않은 부분의 줄거리 일부를 읽고 인물의 성격을 정리해 봅시다.

> 프란시스코의 아버지는 가난하지만 정직하게 살기를 가르칩니다. 프란시스코는 일찍 철이 들어 부모님을 도와 목화 따는 일을 했습니다. 목화의 무게를 늘리려고 흙을 묻혀 무겁게 하자 아버지는 프란시스코에게 크게 화를 냅니다. 프란시스코는 비좁은 텐트에서 살며 계속 이사 다니는 환경에서도 불평하지 않았고 무엇보다 공부 수첩을 만들어 꾸준히 영어와 수학을 공부하였습니다. 어머니도 힘든 일을 하며 어린 아기를 돌보는 한편, 항상 프란시스코를 사랑으로 감싸 줍니다. 집에 불이 나서 프란시스코가 아끼는 공부 수첩이 불에 타 버렸을 때, 어머니는 "네 수첩에 무엇이 있었는지 알고 있다면 그건 결코 잃어버린 것이 아니란다."라는 말로 위로해 줍니다.

아버지	①
프란시스코	②
어머니	③

4 **깊이 생각하기**
프란시스코가 멕시코로 쫓겨난 다음, 어떤 삶을 살았을지 작품의 결말 이후 부분을 상상해서 말해 봅시다.

불법 이주 노동자의 삶

이 작품은 작가의 가족이 미국의 국경을 몰래 넘어가는 장면으로 시작해서 이민국 직원에게 불법 이주 사실이 들켜서 멕시코로 쫓겨나는 장면으로 끝납니다. 이 작품은 작가의 실제 삶의 모습을 담은 자전적 소설입니다. 작가의 말에 따르면 90%가 실화이고 10%가 창작이라고 합니다.

이 책에서는 발췌한 부분은 프란시스코가 학교에서 자신이 가치 있는 사람임을 느끼는 장면입니다. 이 내용을 통해 사람들이 소통할 때에는 말이 그다지 중요한 것이 아니며 오히려 어린이들의 순수한 마음가짐이 소통의 계기가 됨을 보여 줍니다. 그리고 말이 안 통해서 답답하고 억울한 일도 당하는 주인공이 여러 사건을 겪으면서 자존감을 회복하고 다른 친구에게 너그러운 사람이 되어 가는 성장의 과정을 애벌레와 나비에 빗대어 감동적으로 표현하고 있습니다.

이 작품의 뒷부분에서 작가는 미국의 독립 선언문을 활용하여 아이러니한 상황을 보여 주고 독자에게 생각할 거리를 던져 줍니다. "창조주는 몇 개의 양도할 수 없는 권리를 부여했으며, 그 권리 중에는 생명과 자유와 행복의 추구가 있다."라고 가르치는 미국에서 불법 이민자는 법에 따라 강제로 추방됩니다. 독자들은 이 장면을 보면서 "불법 이민자도 한 명의 인간으로서 생명과 자유와 행복을 추구할 수는 없는가? 왜 인간 고유의 권리는 '법'에 의해, 그리고 '미국인인지 아닌지'에 따라 제한되는가?"와 같은 생각을 하게 되지요. 이 책을 읽은 다른 사람과 그에 대한 토론을 해 볼 수도 있겠지요.

우리나라에도 불법 이주 노동자의 가족들이 많이 있고, 그 가족의 아이들은 한국어를 잘 모른 채 학교를 다니며 힘든 생활을 하고 있습니다. 이 책은 그들도 여러분과 똑같이 순수한 아이일 뿐이며 그 아이들에게도 생명과 자유와 행복을 추구할 권리가 있음을 깨닫게 해 주는 작품입니다.

➕ 감상 더하기

- **성장의 상징**

나비는 애벌레일 때의 모습과 나비일 때의 모습이 너무 달라서 어떤 사람의 성장이나 발전 등 변화를 나타내는 문학 작품에서 상징적으로 많이 등장하는 소재입니다. 애벌레는 나비가 되기 전에 번데기 시기를 거칩니다. 빛도 없고 좁은 고치 안에서 먹지도 마시지도 않고 나비로 바뀌는 그 과정은 매우 고통스럽겠지요. 나뭇잎을 먹으며 햇볕을 쬐던 애벌레의 생활과 비교하면 마치 세상이 끝난 듯한 기분일 것입니다. 리차드 바크는 '애벌레가 세상의 끝이라고 부르는 것을 우리는 나비라고 부른다.'라고 하였습니다. 번데기 시기의 고통을 견디게 해 주는 힘은 언젠가는 나비로 변할 수 있다는 희망입니다. 『프란시스코의 나비』에서 애벌레는 어린 프란시스코이고 자유롭게 날아간 나비는 프란시스코가 모든 고통을 견디고 나면 결국 성공적인 인생을 살 것이라는 희망을 주는 상징이 됩니다.

- **소설 속의 아이러니**

앞뒤가 맞지 않는 상황에서 당황할 때 우리는 흔히 "참 아이러니하구나."라고 말합니다. 옛날이야기에 나오는 장사꾼이 '어떤 방패든 뚫는 날카로운 창'과 '어떤 무기라도 막아 내는 튼튼한 방패'를 동시에 팔고 있다면 아이러니한 상황이 됩니다. 현실에서도 '경찰서에 도둑이 들었다', '소방서에 불이 났다'와 같은 상황을 보면서 우리가 느끼는 감정도 아이러니입니다. 『프란시스코의 나비』에서도 프란시스코가 '행복 추구권'이라는 양도할 수 없는 권리를 이해하고 미국 학교에 겨우 적응하려는 순간 이민국에 의해 추방됨으로써 충격적인 아이러니를 느끼게 합니다.

엮어 읽기

『코끼리』 • 김재영

네팔인 아버지와 조선족 어머니 사이에 태어난 열세 살 '나'는 문서상으로는 존재하지 않는 소년입니다. 아버지는 한국에 와 십수 년을 일했지만 몸만 버렸고, 어머니는 가난을 지긋지긋해하다 도망쳤습니다. 축사를 개조해 만든 쪽방, 이웃에 사는 외국인 노동자들 역시 비슷한 처지입니다. 누구는 손가락을 잃었고, 누구는 화재에 목숨을 잃었습니다. '프란시스코'와 '나'의 처지를 비교하며 『코끼리』를 읽어 봅시다.

오늘이

국어 교과서가 선택한 소설 읽기

07

　　우리나라의 사계절 선녀 신화를 들어 본 적이 있나요? 이 작품은 부모님을 만나기 위한 긴 여정을 마치고 사계절을 주관하는 선녀가 된 오늘이의 이야기입니다. 이 이야기는 제주도 무속 신화인 「원천강본풀이」의 내용을 재구성한 것인데요. 원천강본풀이란 원천강이라는 점술서의 기원을 설명한 설화이고, 여기서 원천강은 사계절이 공존하는 초월적이고 신비한 공간이자 오늘이가 가야 할 곳이에요. 주인공 오늘이가 어떤 여정을 거쳐 원천강에 도달하게 될지 함께 따라가 볼까요?

> 작자 미상

오늘이

김춘옥, 『우리 신화 이야기』

　강림 들판에 이름도 성도 없는 소녀가 홀로 살고 있었어요. 어느 날 이곳을 지나가던 사람들이 소녀를 발견하고는 물었지요.
　"저런, 지금까지 여기서 어떻게 혼자 살았니?"
　"예, 학이 날아와서 먹을 것을 주고, 날개로 품어 주었어요."
　"그럼 오늘을 낳은 날로 하고, 네 이름을 오늘이라고 하자."
　사람들이 소녀에게 이름을 지어 주었어요. 그리고 세상에서 모르는 일이 없는 백씨 부인에게로 오늘이를 데리고 갔지요.
　백씨 부인이 오늘이에게 물었어요.
　"네 부모님이 누군지 아느냐?"
　"아니요, 전 부모님이 누군지 모릅니다."
　"딱하기도 하지. 네 부모님은 원천강을 다스리는 분들이야."
　"정말요? 그럼 원천강˙은 어찌 가나요?"
　오늘이가 눈을 반짝이며 백씨 부인에게 물었어요.
　"저 길로 가다 보면 흰모래 마을 외딴집에서 글을 읽는 장상이라는 도령이 있을 게야. 그 도령에게 물어보아라."

• **원천강** 저승 한편에 위치하며 사계절이 한데 모여 있는 신비의 공간.

오늘이는 곧장 장상 도령을 찾아갔어요.

"도련님, 원천강 가는 길 좀 알려 주세요."

"서쪽 길로 가시면 연못이 나오는데, 거기에 있는 연꽃에게 물어보십시오. 그리고 원천강에 가시거든 제가 언제까지 여기에서 글을 읽어야 하는지 알아봐 주시겠습니까?"

오늘이는 부탁을 들어주기로 하고, 연꽃을 찾아갔어요.

"저기 청수바다에서 몸부림을 치고 있는 이무기•에게 물어보세요. 그리고 원천강에 가시거든, 저는 왜 한 가지에 한 송이의 꽃만 피워야 하는지 물어봐 주시겠어요?"

오늘이는 연꽃의 부탁도 들어주기로 하고, 이무기에게 갔어요.

"낯선 땅에 가면 매일이라는 처녀가 외딴집에서 글을 읽고 있을 거요. 그 처녀가 알 거요. 원천강에 가거든, 다른 이무기는 야광주•를 한 개만 물어도 용이 되어 하늘로 오르는데, 나는 왜 세 개나 물어도 용이 되지 못하는지 알아봐 주시오."

이무기는 오늘이를 등에 태우고 청수바다를 건넜어요. 오늘이는 이무기의 부탁을 꼭 들어주겠다고 약속하고, 매일이라는 처녀를 찾아갔어요.

"이쪽으로 계속 가시면 샘 앞에서 선녀들이 눈물을 흘리고 있을 거예요. 그 선녀들에게 물어보세요. 그리고 원천강에 가시거든, 제가 왜 계속 글만 읽어야 하는지 알아봐 주세요."

오늘이는 매일이 처녀의 부탁을 들어주기로 하고, 선녀들을 찾아

• **이무기** 전설상의 동물로 뿔이 없는 용. 어떤 저주 때문에 용이 되지 못하고 물속에 산다는, 여러 해묵은 큰구렁이를 이른다.
• **야광주** 어두운 곳에서 빛을 내는 구슬.

갔어요.

"왜 울고 계시는가요?"

"우리는 하늘나라의 선녀들이에요. 죄를 지어서 샘물을 퍼내는 벌을 받고 있는데 샘물이 조금도 줄어들지 않아요."

오늘이가 자세히 살펴보니, 선녀들의 물바가지 밑에 구멍이 뚫려 있었어요. 오늘이는 들풀과 진으로 바가지의 구멍을 메워 주었지요. 덕분에 선녀들은 금방 물을 퍼낼 수 있었어요.

"정말 고맙습니다. 어서 저희를 따라오세요."

선녀들이 뛸 듯이 기뻐하며 오늘이를 원천강 입구까지 데려다 주었어요.

오늘이는 드디어 꿈에 그리던 부모님을 만났어요.

"딸아, 어서 오너라. 우리는 너를 낳은 날에 옥황상제의 명을 받고 이곳을 지키러 왔단다. 하지만 그동안 학을 보내어 너를 멀리서나마 보살피고 있었단다."

부모님은 오늘이를 꼭 껴안아 주었어요. 그리고 봄, 여름, 가을, 겨울이 함께 있는 아름다운 원천강을 구경시켜 주었지요.

오늘이는 하루하루 행복한 시간을 보냈어요. 하지만 원천강에 오는 길을 안내해 준 이들과 한 약속을 잊을 수는 없었지요.

오늘이는 오는 길에 일어난 일들을 부모님에게 말했어요. 그러자 부모님이 답을 일러 주었지요.

"장상 도령과 매일이가 부부가 되면 둘은 영원히 행복할 거란다. 그리고 연꽃에게 윗가지의 꽃을 따서 처음 만나는 사람에게 주라고 해라. 그러면 다른 가지에도 꽃이 만발할 거야. 이무기는 욕심이 많아서 야광주를 세 개나 물고 있지. 처음 만나는 사람에게 두 개를 주면 용이 되어 하늘로 오를 수 있을 거란다."

오늘이는 약속을 지키기 위해 부모님과 이별하고 다시 길을 떠났어요. 먼저 매일이 처녀를 찾아가 장상 도령에게 함께 가 보자고 했어요. 그리고 이무기를 만나 하늘로 오르지 못하는 이유를 말해 주자, 이무기는 야광주 두 개를 뱉어 오늘이에게 주었어요. 그러자 갑자기 하늘에서 요란한 소리가 나더니 이무기가 용이 되어 하늘로 올라갔답니다.

다음은 연꽃을 만나러 갔어요. 연꽃은 오늘이의 이야기를 듣고는 윗가지의 꽃을 꺾어 오늘이에게 주었어요. 그러자 가지마다 꽃이 피어나 향기가 사방에 퍼졌지요. 마지막으로, 매일이 처녀와 장상 도령은 보자마자 서로 얼마나 좋아하게 되었는지 잡은 손을 절대 놓지 않았어요.

그 후, 오늘이는 하늘나라 선녀가 되어 하늘에서 원천강을 돌보며 세상에 봄, 여름, 가을, 겨울을 전한답니다. 그리고 지금도 세상을 돌아다니며 어려움을 겪는 사람들을 달래 주고 있답니다.

1 **인물과 배경** 이해하기
이야기의 주인공 '오늘이'가 어디에서 누구를 만났는지를 바탕으로 내용을 정리해 봅시다.

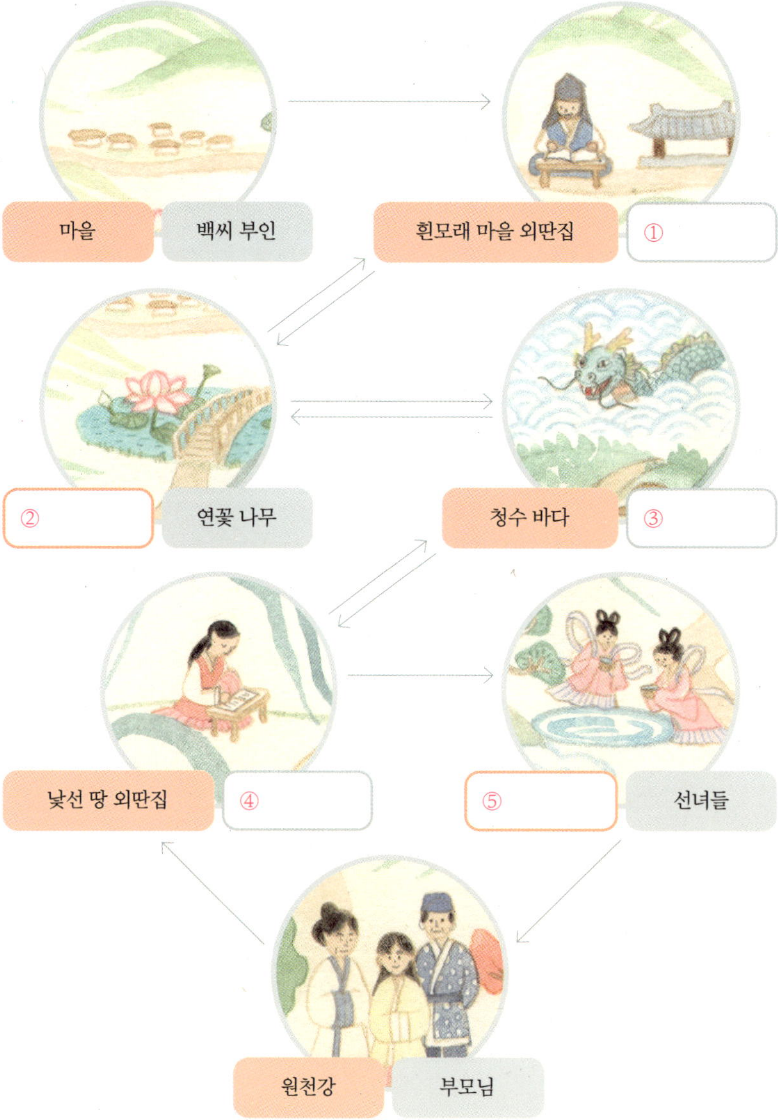

마을 — 백씨 부인 → 흰모래 마을 외딴집 — ①

② — 연꽃 나무 ⇄ 청수 바다 — ③

낯선 땅 외딴집 — ④   ⑤ — 선녀들

원천강 — 부모님

2 <mark>인물 이해하기</mark>
이야기에 드러나는 '오늘이'의 행동을 통해 삶의 태도를 파악해 봅시다.

'오늘이'의 행동	'오늘이'의 삶의 태도
부모님을 만나러 홀로 원천강까지 찾아감. 낯설고 험한 길이지만 포기하지 않음.	①
처음 만나는 대상들에게 친절하게 대하고 그들의 부탁을 들어줌. 들풀과 송진으로 선녀들의 어려움을 해결해 줌.	②
부모님을 찾아가는 길에 부탁받았던 일을 해결해 주기 위해 부모님과 이별하고 다시 돌아감.	③

3 <mark>깊게 생각하기</mark>
아래 제시된 읽기 목적과 이야기의 특성을 고려해서 이 이야기를 요약해 봅시다.

읽기 목적: 옛이야기의 줄거리와 주인공의 행동을 통해 배운 점을 반 친구들에게 소개하는 활동을 하려고 함.
이야기의 특성: 이야기는 이야기의 구성 요소인 인물, 배경, 사건을 중심으로 주요 내용을 요약하면 된다. 시간적 순서에 따라 인물이 처한 상황, 그 상황에서 인물이 어떻게 대응했는지에 주목해서 요약해 보자.

사계절의 선녀 이야기

　이 이야기의 갈래는 설화, 그중에서도 신화에 속해요. 설화는 입에서 입으로 전해져 내려온 옛 이야기를 의미하고 다시 신화, 전설, 민담으로 분류된답니다. 그중 신화는 아득한 옛날, 신성한 장소를 배경으로 신적 존재로 초능력을 발휘하는 주인공이 등장해요. 신성시하는 신에 관한 이야기나, 자연 현상이나 사회 현상의 기원과 유래를 설명하는 이야기를 담고 있죠. 우리가 잘 아는 신화로는 우리 민족의 시조를 밝히는 단군 신화, 그리스 로마 제국의 시조를 밝히는 그리스 로마 신화 등이 있어요. 제주도에서 전해 내려온 「오늘이」는 우리 민족의 정서와 문화를 담은 사계절의 선녀 이야기입니다.

　오늘이는 강림 들판에 홀로 살다가 마을 사람들 도움으로 이름을 얻고 백씨 부인을 만납니다. 백씨 부인에게 부모님 이야기를 듣고 부모님을 찾아 원천강으로 떠나는 오늘이. 오늘이는 원천강으로 가는 도중에 많은 이를 만나 도움을 받고 부탁도 받습니다. 책만 읽고 집 밖으로 나갈 수 없는 장상 도령, 한 송이밖에 꽃을 피우지 못하는 연꽃 나무, 여의주를 세 개나 물고도 용이 되지 못하는 이무기, 책만 읽고 밖으로 나갈 수 없는 매일이, 구멍이 뚫린 물바가지로 물을 퍼 담는 선녀들의 도움으로 원천강에 도착하여 부모님을 만나게 됩니다. 그리고 도움을 받았던 이들과의 약속을 지키기 위해 부모님과 작별한 뒤, 매일이, 이무기, 연꽃 나무, 장상 도령을 차례대로 만나 그들이 부탁했던 일을 해결해 주죠. 그 뒤 원천강을 돌보고 사계절의 소식을 전하는 하늘나라 선녀가 됩니다.

우리는 오늘이의 태도에서도 배울 점이 많아요. 오늘이가 홀로 낯선 길을 떠나 시련과 고난을 극복하는 모습에서 지혜롭고 용감하며 독립심이 강한 태도를 배울 수 있어요. 오늘이가 처음 만나는 대상들에게 친절하게 대하고 그들의 부탁을 들어주며 끝까지 부탁받았던 일을 해결해 주기 위해 다시 돌아가는 모습에서는 다른 사람들에게 상냥하고 친절한 태도, 약속을 끝까지 지켜 내는 책임감 등을 배울 수 있어요.
　또한 오늘이가 인간뿐만 아니라 연꽃 같은 식물이나 이무기 같은 동물 등 자연 만물과 관계 맺고 소통하는 것을 볼 수 있는데, 이는 자연을 소중히 여기고 자연과의 조화로운 삶을 중시했던 가치를 보여 준답니다. 그 밖에 선녀라는 신화적 존재, 가족의 중요성, 용기, 희망 등의 덕목, 개인의 성장과 공동체의 조화로움에 대한 강조 등을 찾아볼 수 있어요.

✚ 감상 더하기

- **자신을 찾기 위한 여정**

　학창 시절은 자기 성찰과 정체성을 탐색하는 중요한 시기예요. 이때 우리는 '나는 누구인가'에 대해 깊이 고민하고, 다양한 여정을 떠나게 되죠. 여정에서 오는 시련과 혼란은 자연스러운 감정이며, 정체성을 형성하는 데 큰 역할을 해요.
　예를 들어, 오늘이의 이야기는 부모님을 찾아가며 자신을 찾는 여정인데, 이건 단순한 여행이 아니라 내면의 성장과 성찰을 의미해요. 이런 과정을 통해 우리는 정체성을 확고히 하고, 용기와 독립적인 태도가 필요하다는 걸 알게 되죠. 자기 탐구는 평생 이어지는 여정이므로, 이 용기 있는 자세가 우리를 더 깊이 있는 존재로 만들어 줄 거예요.

- **타인과의 만남과 성장**

　우리의 자아 정체성은 역설적으로 타인과의 관계 속에서 형성됩니다. 강림 들판에 이름도 없이 홀로 살아가던 소녀가 마을 사람들과의 만남을 통해 '오늘이'라는 이름을 얻게 되는 과정을 생각해 보세요. 이러한 만남은 단순한 인연을 넘어서, 오늘이의 정체성을 확립하는 중요한 계기가 됩니다. 장상도령, 연꽃, 이무기, 매일이와의 교류를 통해 오늘이는 타인에게 상냥하고 친절하며 책임감 있는 모습을 드러내게 되죠.

이들 모두는 각자 부족한 존재였지만, 서로의 결점을 이해하고 받아들이며 함께 성장할 수 있는 힘을 발휘했습니다. 이처럼 부족한 존재들끼리 서로를 채우려는 마음이 모이자, 여러 어려운 문제들이 지혜롭고 현명하게 해결될 수 있었습니다. 혼자였다면 결코 이룰 수 없었던 것들이었죠.

이 과정은 우리가 서로의 존재로 인해 어떻게 성장하는지를 잘 보여 줍니다. 타인과의 관계를 통해 우리는 자신을 발견하고, 새로운 시각을 얻게 되며, 더 나아가 더 나은 사람이 되어 갑니다. 결국, 자아 정체성의 형성은 혼자서는 이룰 수 없는 소중한 경험이라는 것을 깨닫게 됩니다.

• **창의력과 상상력**

신화는 인류의 오랜 역사와 문화가 담긴 이야기로, 상상력과 창의력을 키우는 데 큰 도움을 줘요. 신화 속 등장인물과 사건은 현실을 넘어서는 다양한 가능성을 제시하며 우리들에게 새로운 시각을 열어 주죠. 이 작품에서 연꽃, 이무기, 원천강, 선녀 같은 요소들은 우리가 흔히 경험하지 못하는 세계를 탐험하게 해요. 여러분들도 주변을 둘러보고 여러분들만의 이야기를 상상하고 창작해 보세요.

엮어 읽기

애니메이션 「오늘이」 • 이성강 감독

오늘이 설화의 바탕이 되는 「원천강본풀이」를 각색한 이성강 감독의 애니메이션이에요. 이 작품은 오늘이가 자신을 키워 준 두루미 '야아'를 구하러 가는 내용을 담고 있어요. 오늘이나 야아, 매일이와 구름이, 이무기 등 등장인물이 귀여운 캐릭터로 표현되고 오늘이의 여정이 감동을 주어 호평을 받고 있어요. 설화의 내용이 애니메이션에서 어떻게 바뀌는지, 설화와 애니메이션의 표현 방식과 그에 따른 감상에 어떤 차이가 있는지 등에 주목하여 「오늘이」와 비교하여 읽을 수 있습니다.

커튼콜

소설 간추려 읽기

국어 교과서가 선택한 소설 읽기

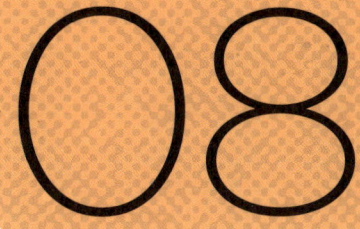

조우리

커튼콜

줄거리

중학생 은비는 아역 배우 출신이다. 은비의 데뷔작은 「사슴벌레의 사랑」. 주인공의 어린 시절과 똑 닮았다는 평과 함께 주목받은 배우가 된 은비. 그러면서 자연스럽게 단짝이었던 혜원과 멀어졌다. 하지만 은비는 처음부터 배우가 되고 싶어 연기를 시작한 게 아니었다. 드라마 촬영장을 지나가다 우연히 캐스팅된 것뿐이었다. 배우로서 욕심도 생기지 않고, 친구도 없이 외로워지는 순간이 찾아오자 은비는 1년 만에 배우를 그만두기로 한다.

평범한 학생으로 돌아왔다고 생각했지만, 네티즌들은 갑자기 사라진 '천은비'에 대해 궁금해했고, 결국 근황 사진과 함께 악플이 달리고 안 좋은 소문도 커져 간다. 집 밖으로 나가지 못하고 집에만 있던 은비가 발견한 댓글 하나. '천은비 진짜 많이 컸다. 완전 반갑네.' 그것을 계기로 자신의 연기 동영상으로 돌려 보게 되고, 은비는 홈스쿨링을 하면서 연기 학원을 다녀 보겠다고 결심한다. 하지만 또다시 상처받게 될까 봐 걱정하는 부모님 때문에 혼자서 연기 공부를 하는 은비.

중학교 3학년. 이사를 하면서 전학 온 학교에 연극부가 있다는 사실을 알게 된 은비는 운명이라 생각하고 오디션에 지원한다. 그리고 그 동아리에서 다시 만난 연극부 부장 혜원. 봄 연극에서는 소품팀 보조로 참여했지만, 가을 연극 「파도」에선 반드시 주인공 '루나'가 되겠다고 결심한 은비. 모험에 대한 설렘과 기대를 품고 앞으로 나아가는 '루나'의 캐릭터에 완벽하게 공감하지 못했던 탓일까? 은비는 오디션장에서 '루나'의 대사를 제대로 말하지 못하는 큰 실수를 한다. 그런데도 루나 역에 선정된 은비. 실수를 했는데도 주인공이 되었기에 은비는 마음이 편치 못하다. 부원들이

자신을 자격 미달이라고 생각할까 봐, 무대에서 연기를 망칠까 봐 걱정이 태산이다.

그리고 드디어 「파도」가 무대에 올려지던 날. 전체 3막으로 이루어진 「파도」의 1막과 2막에서 은비는 다섯 번의 실수를 하지만 다행히 다른 부원들의 재치 덕분에 위기를 모면한다. 이제 마지막 3막에서 두려움에 갇힌 은비. 자신이 정말 재능이 있는 건지, 루나 역에 자신이 맞는 건지 확신할 수가 없다. 은비는 무사히 연극을 마치고 커튼콜에 설 수 있을까?

 조우리 (1987 ~)

2011년 단편 소설 「개 다섯 마리의 밤」으로 대산대학문학상을 수상하며 작품 활동을 시작했습니다. '재능'이라는 말의 무게감에 좌절하기도 했지만 지금은 작가가 되어 청소년의 일상을 잘 표현하는 작품을 쓰고 있습니다. 대표적인 작품으로 경장편 소설 『라스트 러브』가 있습니다.

1 인물의 심리 이해하기

댓글로 인한 '은비'의 반응과 심리 변화를 정리해 봅시다.

┌ 대박, 요즘 안 보인 이유가 있었네.
┌ 헐...... 얘 왜 이렇게 못생겨짐?
┌ 진짜 천은비 맞음?
┌ 완전 못 알아볼 뻔!

┌ 천은비 진짜 많이 컸다. 완전 반갑네.
┌ 어떻게 지내나 궁금했었는데 이젠 연기 안 하나?
┌ 예전에 얘 나오는 드라마 진짜 재밌게 봤었는데.
┌ 천은비 연기 잘했는데 다시 나왔으면 좋겠다.

반응 : 마음에 상처가 생겨 집 밖으로 나가지 않게 됨. ⇌ ①

• 스스로의 시선으로 과거의 모습을 들여다보기 시작함.
②

갑자기 사라진 아역 배우 천은비 근황.jpg

2 갈등 진행 과정 이해하기

갈등의 진행 과정에 따른 은비의 성장하는 모습을 파악해 봅시다.

갈등 진행 과정	은비의 모습
연극 공개 선발에서 실수를 했지만 주인공 역에 뽑힘.	• 실력으로 보여 주면 된다고 다짐하며 자신을 달램.
↓	↓
연극 무대에서도 실수를 함.	①
↓	↓
연극을 마친 후 친구들의 응원과 격려를 듣고 커튼콜을 받음.	• 연극은 혼자서 만들 수 없음을 깨달음. ②

3 다르게 이해하기

꿈을 향해 나아가고 있을 미래의 자신에게 짧은 응원의 글을 보내 봅시다.

⑩
작가가 되고 싶어 하는 미래의 나에게!
책을 좋아하는 너는 지금도 무언가를 읽고 있겠지?
그리고 글을 쓰며 머리를 부여잡고 괴로워하고 있을지 모르겠다.
하지만 너가 선택한 길이잖아. 막막하더라도, 무릎 꿇고 싶더라도 한 발짝만 더 나가 보자. 한 뼘쯤 더 커진 너가 기다리고 있을 거야!

_____ 미래의 나에게!

꿈을 찾는 젊음에게 보내는 응원가!

「커튼콜」은 꿈을 찾아 고군분투하는 중학생 '은비'의 이야기예요. 아역 배우였지만 연기를 그만둔 '은비'가 중학교 연극부에 들어가 주인공을 맡게 되면서 꿈에 대한 열정을 찾게 되는 내용의 성장 소설이랍니다. 초등학생 시절 아역 배우부터 시작하였지만 관심 받는 것을 좋아했을 뿐 연기에 대한 열정과 재능이 부족하다고 생각한 은비가 서서히 '연기'에 대한 열정과 재미가 생기면서 자신의 꿈을 찾아가는 과정에서 은비의 성장하는 모습이 잘 드러나 있어요.

앞서 말했지만 '은비'는 재능과 재미 사이에서 갈등을 느끼죠. '재능'은 타고난 재주와 능력을, '재미'는 아기자기하게 즐거운 기분이나 느낌을 말합니다. '은비'는 좋은 배우가 되고 싶어 해요. 그래서 연극반에 들어가기 위한 오디션을 보고, 친구들과 연극 공연을 준비합니다. 이 과정 속에서 '은비'는 자꾸 실수를 하게 되죠. 이런 실수들로 자신은 '재능'이 없다고 생각해 의기소침해집니다. 하지만 친구들의 응원과 믿음 속에 무사히 연극 공연을 끝내고 연극에 대한 '재미'를 느끼며 꿈에 대한 확신을 갖습니다. 그런데 친구들의 응원과 믿음만이 은비의 성장을 불러왔을까요? 은비는 실수를 극복하기 위한 끊임 없는 '노력'을 다했어요. 여러분은 '재능'과 '재미' 사이에 있는 '은비'의 노력에도 주목해야겠죠.

혹시 소설을 다 읽고 나니 여러분들도 원하는 것을 향해 도전하는 은비의 씩씩한 마음을 응원하고 싶지 않으신가요? 이 작품에서 중학생 '은비'의 성장은 주변의 관심과 애정 덕분이기에 따뜻한 감동과 용기를 줘요. 그래서 주인공과 같은 나이대인 학생들이 공감하기 쉬우며, 주인공의 성장 과정을 통해 학생들 자신의 삶과 관련지어 생각해 볼 수 있게 해 주죠.

+ 감상 더하기

- **커튼콜**

    커튼콜은 연극이나 음악회 등의 공연에서 관객들이 찬사의 표시로 손뼉을 치거나 환성을 질러서 퇴장한 출연자들을 다시 무대로 불러내는 것을 말합니다. 커튼콜은 1800년대 초 유럽에서, 좋아하는 가수나 배우를 한 번 더 보려고 공연이 끝난 뒤에도 나가지 않고 계속 손뼉 치고 소리 지르던 관습에서 유래했습니다. 커튼콜은 여러 번 할 수 있어요. 커튼콜을 몇 번 받았는지로 공연의 성공 여부를 판가름하기도 합니다. '은비'는 자신을 반가워하는 댓글을 읽고 연기를 다시 해 보고 싶다는 생각을 하죠. 이 선한 댓글이 은비가 처음 받은 진심 어린 '커튼콜'이 아닐까 싶어요. 이후 연극반에 들어가 공연을 하고, 예술고등학교에 진학할 결심을 하게 되죠. '은비'가 좌절할 때마다 친구들이 보내 준 믿음과 응원이 두 번째 '커튼콜'입니다. 이런 '커튼콜' 덕분에 '은비'는 자신의 꿈에 대한 확신을 하고, 용기를 갖고 도전할 수 있는 힘을 얻어요.

- **연극 「파도」**

    "파도를 타고 싶어. 아직 해 본 적 없지만 나는 내가 잘할 수 있다는 걸 알아."

    연극 「파도」 중 루나의 대사입니다. 연기에 대해 두려움을 갖고 있는 '은비'는 연극을 준비하면서, 모험에 대해 두려움을 갖고 있는 아리에트를 닮았다고 생각했어요. 하지만 친구들의 응원과 격려 속에 점점 루나를 닮아 갑니다. 그래서 위 대사는 궁극적으로 성장한 은비의 생각과 의지를 담은 것으로 볼 수 있어요.

- **성장 소설**

    성장 소설은 그 명칭이 암시하는 바와 같이 개인의 성장 과정을 다룬 소설을 말해요. 여기서 성장 과정이란 정신적인 성장 과정으로 한 개인이 유년 시절부터 여러 가지 체험을 하며(대개 어떤 정신적인 위기를 통해서) 세상 안에서 자신의 정체성이나 역할을 이해하고 성숙해 가는 정신과 성격의 발전 과정이에요. 그러니까 성장 소설은 한 개인이 유년에서 성년으로 성장하는 정신적 성장 과정을 다룬 소설이라고 정의할 수 있답니다.

엮어 읽기

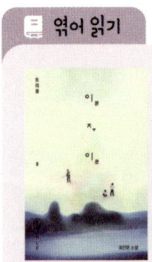

『일주일』 • 최진영

초등학교 때부터 같이 학교를 다니던 세 친구가 각자의 사정으로 특성화고, 일반고, 외국어고등학교로 진학하면서 겪게 되는 이야기를 다루고 있어요. 자신들이 선택도 하지 않은 환경으로 인해 학교만 나뉘는 게 아니라 삶의 과정도 달라집니다. 이 세 친구는 앞으로 어떤 삶을 살며 성장하고 살아갈까요?

● 작품 출처 ●

생텍쥐페리 / 황현산 옮김, 「어린 왕자」, 『어린 왕자』, 열린책들(2015)
황순원, 「소나기」, 『소나기』, 다림(1999)
모리스 마테를링크 / 책글놀이 옮김, 「파랑새」, 『교과서 속 세계 명작, 파랑새』, 고래가숨쉬는도서관(2014)
유은실, 「내 이름은 백석」, 『내 이름은 백석』, 창비(2013)
이송현, 「오후 4시, 달고나」, 『기념일의 무게』, 마음이음(2023)
프란시스코 지메네즈, 「껍질을 벗다」, 『프란시스코의 나비』, 다른(2025)
작자 미상 / 김춘옥 풀이, 「오늘이」, 『우리 신화 이야기』, 밝은미래(2013)
조우리, 「커튼콜」, 『커튼콜』, 창비(2022)

● 수록 교과서 ●

생텍쥐페리, 「어린 왕자」: 지학사 1-1
황순원, 「소나기」: 미래엔(민병곤) 1-1, 동아출판 1-1, 천재(노미숙) 1-1
모리스 마테를링크, 「파랑새」: 비상(박영민) 1-1, 미래엔(신유식) 1-1
유은실, 「내 이름은 백석」: 미래엔(민병곤) 1-1
이송현, 「오후 4시, 달고나」: 천재(노미숙) 1-2
프란시스코 지메네즈, 「껍질을 벗다」: 동아 1-1
작자 미상, 「오늘이」: 동아출판 1-1
조우리, 「커튼콜」: 해냄에듀 1-1

생텍쥐페리, 「어린 왕자」 34~35쪽

1 어른들 - ④ 어린 왕자 - ① 여우 - ② 뱀 - ③

2 ① '관계를 맺는다'는 뜻이야.
   ② 참을성이 있어야 해. 처음에는 나한테서 조금 떨어져서 풀밭에 앉아 있어. 말은 하지 말고 하루하루 조금씩 가까이 앉으면 돼.
   ③ 그건 어떤 날을 다른 날과 다르게, 어떤 시간을 다른 시간과 다르게 만드는 거야.

3 아침에 나를 깨우는 엄마의 다정한 목소리, 사랑, 우정, 감사, 따뜻한 마음, 순수한 마음으로 누군가에게 베푸는 친절, 호기심, 열정 등 눈에 보이거나 만질 수 없지만 마음으로 느낄 수 있는 소중한 것들이 바로 답이 될 수 있다.

4 두 그림은 각각 코끼리를 삼킨 뱀의 모습을 그린 것이다. 뱀이 코끼리를 삼킨 모습은 모자가 될 수도 있고 공룡이 될 수도 있다.
   어떤 사물이 가지고 있는 진실한 면인 '본질'은 이렇게 다양한 겉모습으로 나타날 수 있다. 중요한 것은 겉모습이 어떠한지가 아니라 그 안에 들어 있는 것이 무엇인지를 정확하게 아는 것이다. 따라서 어떤 존재나 사물이 가지고 있는 겉모습은 크게 중요하지 않을 수 있다. 사물을 있는 그대로 마음의 눈으로 바라본다는 것은 이처럼 한 사물에 애정을 가지고 편견 없이 오래오래 바라보면서 그 안에 들어 있는 진짜 가치를 찾아내려 노력하는 자세라고 할 수 있다.

황순원, 「소나기」 58~59쪽

1 ① 조약돌 ② 꽃 ③ 소나기 ④ 도랑 ⑤ 대추
   ⑥ 호두 ⑦ 수탉 ⑧ 분홍 스웨터

2 ㉠ 도시 ㉡ 적극적인 ㉢ 개울둑에 앉아서 비킬 때까지 기다림. ㉣ 시골 ㉤ 소극적인 / 내성적인

3 ① 두 사람의 사랑을 이어 준 매개체임. 소년과 소녀가 소나기 덕분에 관계가 가까워지기 때문.
   ② 소년과 소녀를 이별하게 만든 대상임. 소녀가 소나기로 인해 앓아 죽음에 이르기 때문.

모리스 마테를링크, 「파랑새」 86~87쪽

1 ① 이곳에서 틸틸과 미틸은 돌아가신 할아버지와 할머니를 만나 즐거운 시간을 갖는다.
   ② 밤의 나라에 있는 문을 열자 유령, 질병, 전쟁 같은 무서운 것들이 튀어나옴. 마지막 방에서 파랑새를 발견하지만 밤의 나라를 떠나자 파랑새는 죽어 버림.
   ③ 아름다운 행복에 둘러싸인 틸틸과 미틸. 사실 행복이 모두 자기 집에 있다는 말에 깜짝 놀람.

2 ① 이웃집 소녀 ② 파랑새 ③ 산타클로스

3 ① 자기 집에도 행복이 있다는 것을 깨닫게 됨.
   ② 선물을 주는 일의 기쁨을 알아차려 소중한 새를 나눠 줌.

4 (예시 답안 생략)

유은실, 「내 이름은 백석」 100~101쪽

1 ① ○ ② X ③ ○ ④ ○ ⑤ ○ ⑥ X

2 * 아빠는 자신의 일에 전문적인 지식을 갖고 있음.
   * 아빠는 놀림을 받더라도 웃어 넘기는 마음이 넓은 사람임.
   * 아빠는 아들에게 매우 자상함.
   * 아빠는 많이 배우지 못했으나 솔직하게 고백할 줄 앎.

3 (예시 답안 생략)

이송현, 「오후 4시, 달고나」 136~137쪽

1 ① 화장실을 청소함 ② 달고나 만드는 ③ 봉사 활동
   ④ 할아버지 산책 ⑤ 마음이 아픔 ⑥ 위로를 받음

2 ① 좋아하는 마음 ② 매개체 ③ 첫사랑

3 (예시 답안 생략)

4 (예시 답안 생략)

프란시스코 지메네즈, 「프란시스코의 나비」
158~159쪽

1 ① 아서 ② 커티스 ③ 나비 그림

2 불법 이민자에 대해 미국 사회가 관대하지 않음을 보여 주고 있다. 그리고 만약 이 사실이 발각되면 바로 경찰에 붙잡히기 때문에 친한 친구한테도 자신의 출생을 말하지 못하는 사회이다.

3 ① 가난하지만 자식들에게 정직하게 살라고 가르친다. 자식이 잘못하면 그것을 바로잡기 위해 화를 내기도 한다.
② 불법 이민자로서 계속 이사 다닐 수밖에 없는 상황인데도 크게 불평하지 않고 희망을 품는 성격이다. 그리고 악조건 속에서도 공부를 열심히 한다.
③ 자식을 사랑으로 돌보는 다감한 성격이다. 무엇보다 상처받은 아들을 다정하게 위로해 주는 마음을 가지고 있다.

4 (예시 답안 생략)

작자 미상, 「오늘이」
170~171쪽

1 ① 장상 도령 ② 연못 ③ 이무기 ④ 매일이 ⑤ 연못

2 ① * 도전을 포기하지 않는 끈기가 있다.
* 용감하다.
* 독립심이 강하다.
* 도전 정신이 강하다.
② * 타인의 어려움을 해결해 주므로 선하다.
* 타인의 입장을 배려할 줄 안다.
* 타인에게 상냥하고 친절하다.
* 자신의 문제를 해결하기 위해 타인에게 도움을 구하는 모습은 지혜롭고 현명하다.
③ * 약속을 꼭 지키므로 신의, 책임감이 있다.
* 사소한 것도 소중하게 생각한다.

3 (예시 답안) 오늘이는 강림 들판에 홀로 살다가 마을 사람들의 도움으로 이름을 얻고 백씨 부인을 만나게 된다. 백씨 부인에게 부모님 이야기를 들은 오늘이는 부모님을 찾아 원천강으로 떠난다. 오늘이는 원천강으로 가는 도중에 많은 이를 만나 도움을 받고 부탁도 받는다. 오늘이는 책만 읽고 집 밖으로 나갈 수 없는 장상 도령, 한 송이밖에 꽃을 피우지 못하는 연꽃 나무, 여의주를 세 개나 물고도 용이 되지 못하는 이무기, 책만 읽고 밖으로 나갈 수 없는 매일이, 구멍이 뚫린 물바가지로 물을 퍼 담는 선녀들의 도움으로 원천강에 도착하여 부모님을 만난다. 그리고 도움을 받았던 이들과의 약속을 지키기 위해 부모님과 작별한 뒤, 매일이, 이무기, 연꽃 나무, 장상 도령을 차례대로 만나 그들이 부탁했던 일을 해결해 준다. 그 뒤 원천강을 돌보고 사계절의 소식을 전하는 하늘나라 선녀가 된다.
내가 '오늘이'에게 배운 점은 다른 사람들과의 약속을 꼭 지키는 책임감이다. 나는 다른 친구들과의 약속을 잊거나 소홀히 해서 친구들과 다툰 적이 있다. '오늘이'처럼 다른 사람들과의 약속을 꼭 지켜서 책임감 있고 믿을 만한 사람이 되고 싶다.

조우리, 「커튼콜」
178~179쪽

1 ① 예전 드라마 영상을 찾아봄.
② 연기를 다시 시작해 잘하고 싶다는 꿈이 생김.

2 ① 자신이 주인공을 맡을 자격이 없다고 생각하고 연극부원들에게 미안해함.
② 재능이 없을지도 모른다는 생각을 버리고 배우의 길을 걷기로 다짐함.

3 (예시 답안 생략)